光文社 古典新訳 文庫

水の精（ウンディーネ）

フケー

識名章喜訳

光文社

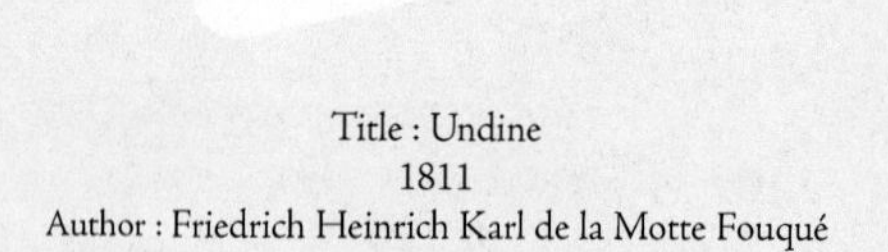

Title : Undine
1811
Author : Friedrich Heinrich Karl de la Motte Fouqué

目次

献辞　9
第一章　騎士が漁夫のもとに至ったいきさつ　12
第二章　ウンディーネが漁夫のもとにたどりついたいきさつ　24
第三章　二人がウンディーネをふたたび見つけるまで　35
第四章　騎士が森のなかで出くわしたこと　43
第五章　岬での騎士の暮らし　55

第六章　婚礼の祝儀について　65
第七章　婚礼の夜も更けての出来事　77
第八章　婚礼の翌日　83
第九章　騎士が新妻を連れて旅立ついきさつ　94
第十章　町での暮らし　103
第十一章　ベルタルダの記念日　110
第十二章　騎士の一行が町を発ったこと　123
第十三章　リングシュテッテン城での暮らし　131
第十四章　ベルタルダが騎士とともに戻ったいきさつ　145

第十五章　ウィーンへの旅　157
第十六章　フルトブラントのその後　168
第十七章　騎士の夢　176
第十八章　騎士フルトブラントの結婚式　181
第十九章　騎士フルトブラントの埋葬　190
解説　識名 章喜　195
年譜　224
訳者あとがき　234

水の精（ウンディーネ）

献辞

愛らしくも絵のように美しい、ウンディーネよ
いにしえの言い伝えのなかに
おまえという不思議な光を初めて見つけたときから
おまえの歌がどれだけわたしの心を癒してくれたことか。

やさしくわたしに寄り添い
おまえはありとあらゆる嘆きや哀(かな)しみを
わたしの耳元でそっと打ち明けてくれた
甘えん坊で、それでいて恥ずかしがり屋の子。

つまびく琴（チター）の音は
金線をはった楽器から響きわたり
おまえの、ささやくがごとき声に和して
遠方へも届き、人々の耳に入って評判を呼んだ。

誰もがおまえを愛する
気まぐれで、どこか影のある生き物であるおまえでも、
わたしの書いたこの話を、ささやかなこの本を
みなさまが読みたいと言ってくださる。

今ではみながおまえのその後を
なにかにつけ聞きたがる
かわいいウンディーネ、そんなに恥ずかしがらなくていい
そうとも遠慮せず広間にお入り。

貴顕の殿方には丁寧にご挨拶申し上げるがよい
まずは心安くも
愛すべき、美しい、ドイツの淑女のみなさまにご挨拶を
みなおまえのことが大好きなのだから。

もしご婦人のどなたかが、わたしのことをお訊ねになったら
こう申し上げておやり。「あの方こそ忠義の騎士、
その剣と琴でご婦人方のために尽くすでしょう
踊りや饗宴の折も、お祝いや槍試合の折も」と。

第一章　騎士が漁夫のもとに至ったいきさつ

もうかれこれ何百年も前のことになりましょうか、年老いた人のよい漁夫が、美しい夕暮れどき小屋の前に腰をおろし、網をつくろっていました。漁夫の住まいは絵に描いたように景色の美しい一帯にあり、家の建つ一面緑の土地は大きな湖のほうへとさらに延びていました。さながら岬が、青く澄みわたったどこまでも透明な水を愛するあまり、湖に口づけの舌を入れているようであり[1]、また水のほうも恋焦がれる両腕で美しい岬を包み込んでいました。湖水は風に揺れる背の高い木立のほうへ、すがすがしい木陰のほうへと腕を伸ばすように見えたのです。水辺の佇(たたず)まいは招き招かれる間柄のようで、だからこそ水のおりなす表情は、そのどれもが美しいのでした。

　この素敵な場所には、漁夫とその家の者を除いてほとんどひと気というものがありません。それというのも岬の背後には荒涼とした森がひかえ、たいていの人は、うす暗く道のない森のなかで出くわしかねない珍獣や精霊のいたずらに怖(おそ)れをなし、めったなことでは森に入ろうとしなかったからです。一人この信心深い老漁夫だけが美しい岬で釣った貴重な魚を抱え、幾度も怖れることなく森を抜け、この広大な森から遠からぬ位置にあった大きな町へと運んでいったのです。漁夫にとって森を抜けるのは、なんの苦もないことでした。なぜなら信心深い思いをしかと胸に刻みつけている漁夫は、よくない噂の絶えぬ森の木陰に足を踏み入れるときはいつも、朗々とした声で真心をこめ讃美歌を口ずさむことにしていたからです。

宵(よい)の口、漁夫はくつろいで漁網を縫う作業に余念がありませんでした。思わず恐怖にかられたのは、森の闇の奥からなにか物音が聞こえてきたからです。馬に乗った何者かが岬のほうへ近づいてくる。漁夫の頭に浮かんだのは、激しい嵐の夜によく見た悪夢、森をめぐる数々の秘密に関する夢のなかの出来事でした。なかでも印象に残っているのは巨人のように背の伸びた、雪のように白い男の姿です。この男は夢のなか

1　「岬」という意味のドイツ語Erdzungeは、分解すると「大地の舌」という意味にも通じ、この箇所はZunge「舌」をめぐるイメージに重ね合わせられている。

で絶えまなく奇妙な仕草で首を縦にふりつづけていたのです。漁夫が目を森の方角に向けると、樹木のすきまを通して、まさにその男、うなずき男が近づいてくるように見えたのです。

漁夫はまず気を落ちつけ考え直してみました。いまだかつて森のなかでこの身によからぬことが起きたためしはなかった。してみると、この開けて明るい岬にあって悪霊が手を出せるわけがない。そう思いながらも漁夫は聖書の言葉を力強く口ずさみ、心をこめた祈りを捧(ささ)げました。するとふたたび立ち向かう勇気が湧いてきて、自分の見誤りに気づき、笑い声さえあげそうになりました。白装束のうなずき男は、なんのことはない、漁夫にとっては馴染(なじ)みの、ほとばしる白滝となって森から湖へと流れ込む小川でした。物音のほうは、美しい顔立ちの身なりも立派な騎馬武者で、馬にまたがり木陰を通り抜けて漁夫の小屋の前に現れたのでした。緋色(ひいろ)のマントを肩にかけ、その下には菫色(すみれいろ)の下地に金糸の刺繡(ししゅう)をあしらった胴着を身に着けています。黄金色のつばなし帽には赤と菫色の羽毛がゆらめいていました。金の帯には、格別に美しい、装飾をふんだんにほどこした剣がまばゆく輝いていています。騎士が乗っていた白馬は、よく目にする戦闘用の馬に比べてやや華奢(きゃしゃ)なつくりでした。芝のうえをいかにも軽やかに闊歩したので、緑のじゅうたんが少しも傷んでいないように見えたほどです。

それでも年老いた漁夫にはあいかわらず薄気味悪く思われたのですが、人好きのする見た目から、悪さはしまいと判断し、近づいてきた騎士に向かって挨拶代わりに脱帽の礼だけすませると、落ちつきはらって網仕事を続けました。すると騎士は馬をとめ、一晩だけでいいから馬ともども宿を貸してはくれまいかと訊ねてきました。

漁夫はこう応じました。

「お馬の宿でしたら、この木陰になった草地くらいよい厩はございません。ここに生えております草ほどよい餌はございません。あなたさまには小さな家ではございますが、ささやかながら、わたしどもでご用意できる夕食と寝床でおもてなしいたしましょう」

騎士はその言葉に満足したようでした。馬から降りると、漁夫と一緒になって馬の鞍と手綱をはずし、花咲きほこる草地に放ってやり、漁夫に向かってこう語りかけました。「おじいさん、あなたが愛想のない、こちらに好意を抱いていない人であっても、おそらく今日わたしを突き放すわけにはいきませんでしたよ。それというのも、行く手に見えるのは広々とした湖ですし、太陽が沈む夕暮れどきに得体の知れぬ森に戻るなど、こちらも御免こうむりたいですから」

「森の話はもうやめにしましょう」

そう言うと漁夫は客人を小屋のなかへと招き入れました。

小屋のなかには竈(かまど)があり、わずかばかりの火が、夕暮れどきの闇が深まるなか、こざっぱりと片づけられた室内を照らしていました。竈のそばの大きな椅子に漁夫の年老いた妻が座っています。高貴な客人が入ってくるとおばあさんは親しげに挨拶の言葉をかけながら立ちあがりましたが、自分の腰かけていた定席を見知らぬ客人にすめることはせずに、また元の席につきました。そのとき漁夫が微笑(ほほえ)みながらこう言いました。

「お若いお方、わが家で一番座り心地のいい椅子を譲らなかったからといって、家内のことを悪く思わんでください。わたしら貧乏人のあいだでは、そういういい席は老人のものと決まっておりますもので」

「おやおや、あなたったら」おばあさんも落ちつきはらった微笑みをうかべながら応じました。「なにを言うかと思えば。こちらのお客様も信仰篤(あつ)きキリスト教徒ではございませんか。年寄りの席を取り上げるなんて、この素敵なお若いお方が考えるなぞありませんでしょうに」

おばあさんは騎士に向かって言います。「さあ、お若い方、どうぞおかけくださいま
あそこにもう一ついい椅子がございます。ただあまり乱暴に揺すらないでくださいま
せ。脚が一つぐらぐらしているものですから」

騎士はその椅子をそっと手前に引き寄せ、いたわるように腰を下ろしました。この
ささやかな家庭が親戚に思え、自分が今しがた遠方の旅からそこへ帰ってきたような
気がしたのです。

三人ともそろって気立てがよかったので、自然とうちとけた話が交わされるように
なりました。騎士は重ねてこの森について訊ねてみたのですが、漁夫は多くを語ろう
としません。漁夫は、夜になってからの森の話はその場にふさわしくないと考えたの
でしょう。その代わり一家の暮らしぶりやふだんの仕事に話題が及ぶと老夫婦は口が
軽くなり、騎士の旅話も聞きたがりました。騎士はドナウ川[2]の水源に居城をかまえ、
フルトブラント・フォン・リングシュテッテンという名前だということがわかりま
した。

会話のさなか、客人の騎士は低い位置にある小窓からときどき聞こえてくる水音に

気づきました。誰かが外から窓に水をかけているような音です。漁夫はこの水音がするたびに苛立たしげにまゆをひそめていましたが、とうとうガラス窓にばさっと水がかかり、たてつけの悪い窓枠のすきまをとおして水しぶきが室内にとびちると、腹立たしげに立ち上がり、威嚇するように窓に向かって怒鳴りつけました。

「ウンディーネや！　いいかげん子供じみたいたずらはよさんか。今日うちにはよそからのお客様がいらっしゃるのだぞ」

すると外は静かになりましたが、忍び笑いがまだ聞こえてきます。漁夫は席に戻りながらこう言いました。

「お客様、どうかお気を悪くなさらんでください。もっと無作法なふるまいに及ぶかもしれませぬが、あの娘は悪気があってのことではありませんので。あの娘といいますのは、うちの養女ウンディーネのことです。もう十八にもなろうかという齢なのに子供っぽい性格のままでして。とはいえ、いま申し上げましたように、根はとてもやさしいいい子なのですよ」

「あなた、話してしまったほうがいいわよ」おばあさんが首を横にふりながら応えました。「あなたが魚釣りや旅から帰ってきたときは、あの娘のするいたずらといってもかわいいものかもしれません。でもまる一日あの娘にふりまわされ、大人らしい言葉遣いもままならず、こちらも齢をとってきている身なのに、家の仕事も手伝ってもらえず、あの娘のお転婆でわたしたちのほうが身を滅ぼしてしまいやしないか、といつまでも心配しなくちゃならないなんて。——子供っぽいって言ったって、神様だってしまいにゃ我慢ならなくなりますよ」

「まあ、まあ、そう言いなさんな」と主人が苦笑しました。「おまえがウンディーネの相手をし、わしは湖の相手をする。湖はときにわしの作った防波堤や網を破ることもあるが、わしはなんといってもこの湖が大好きだ。おまえだって、どんなつらい境遇にあったって、あの娘がかわいいだろう？　な？」

「あの娘には本気で怒る気にはなりませんね」おばあさんはそう言うと、笑みをうか

2　この物語の陰の主役が「ドナウ川」である。ドナウ川はウィーンを流れる川として有名だが、全長二八五七キロメートル、ドイツ南西部、黒い森〈シュヴァルツヴァルト〉地方に発し、オーストリア、ハンガリーなど東欧諸国を経由して、ルーマニアとウクライナの国境となる下流域で黒海に注ぎ込んでいる。フルトブラントの所領は、現在のドーナウエッシンゲン〈バーデン・ヴュルテンベルク州〉のあたりということになる。

べて相槌をうちました。

そこへ戸口が開き、この世のものとも思われぬほど美しい金髪の少女が笑いながらなかに入ってきたのです。

「またあたしをかついだわね。おとうさん、お客様なんてどこにもいないじゃない」

そう言うと、すぐに騎士がいることに気づき、驚いた様子で美しい若者の前で足をとめたのです。フルトブラントはその愛くるしい姿に見とれ、かわいらしい顔かたちを心に刻もうとつとめました。こうして来客に驚いている間だけが絶好の機会で、すぐにも内気さが勝って自分の目の届かないところに姿を消してしまう、と考えたからです。しかしそうはなりませんでした。彼女はまじまじとフルトブラントを見るや、親しげに近づき、彼の前にひざまずいたのです。騎士は黄金のメダルを高価な鎖に通して胸に下げていましたが、ウンディーネはそれを手にとり、さわりながらこう言ったのです。

「まあ、美しくって、人のよさそうなお客様だこと。どうしてうちらのような貧しい荒屋にたどりついたの。ここへ来る前には世界中を何年も旅して廻られていたのでしょう。あの荒れた森からいらっしゃったの？」

なれなれしい口のきき方を咎めるそぶりのおばあさんは、若者に答えるすきを与えず、娘に礼儀正しく立ち上がって仕事につくよう、ぴしゃりと言いつけました。しかしウンディーネはそれにには答えず、フルトブラントの座っていた椅子の横にあった小さな足置きを引き寄せると、編み物をたずさえてそこに腰かけ、やさしげに言いました。

「あたし、ここでお仕事するわ」

漁夫は甘やかされた子供に親がよくしがちな態度をとりました。ウンディーネの無作法に目をつむって、他の仕事にとりかかろうとしたのです。しかし娘のウンディーネはそうさせませんでした。

「あたしたちがおもてなしするすてきなお客様に、どこからいらしたのか訊ねたのに、まだお答えになっていないわ」

「森からですよ。きみも絵のようにきれいな子だね」フルトブラントは応じました。

するとウンディーネは続けて、「じゃあ教えてちょうだい、あなたがどうして森に入ったのか。ふつうの人なら森を怖がって入らないもの。あなたが森のなかでどんな奇怪な体験をしたのか、ぜひ聞かせて。だってあそこに行ったらとんでもないことが起こるって言われているのだもの」

フルトブラントは森のことを思い出してちょっと鳥肌が立ち、思わず窓のほうへと目をやりました。森林で出くわした奇怪な物の怪の一人が、窓からのぞきこんでいるように思われたからです。フルトブラントが確かめられたのは、ガラス窓の向こうに広がる深い漆黒の闇夜だけでした。そこでフルトブラントは勇気をふりしぼって森での体験を語りはじめようとしたのですが、漁夫が話の出鼻をくじいたのです。

「おやめなされ、騎士殿、今はそのたぐいの話をするのにふさわしい時間ではありません」

するとウンディーネは怒ったように足置きからとびあがり、美しい両腕を腰にあてて、漁夫の面前にたちはだかりながら、こうくってかかりました。

「おとうさん、この方の話を聞いちゃいけないと言うの？　だめなの？　あたしは聞きたいわ。話して、どうしても話してもらいたいの！」

こう言い放つとかわいらしい両脚をばたばたさせて床を踏みならしました。それがおどけてはいるものの、いかにも可憐な仕草だったので、フルトブラントはウンディーネの怒りの表情から目を離すことができませんでした。さきほど彼女の人なつっこい表情の虜になったばかりなのに、それにもまして怒った仕草にも惹かれてしまいました。しかし漁夫はちがいました。抑えていた憤りが炎となって爆発しました。漁夫はウンディーネの聞き分けのなさとお客様に対する不躾なふるまいを激しい口調でなじり、人のよいおばあさんも夫の意見に与しました。するとウンディーネも言い返します。「おとうさんもおかあさんも、がみがみうるさいわ、あたしの望みをかなえてくれないなら、古ぼけて煤けたこの荒屋で自分たちだけで寝りゃいいわ！」

こう捨て台詞を叩きつけるが早いか、矢のように戸口を抜けると、目にもとまらぬ速さで闇夜のなかへと駆けていったのです。

第二章　ウンディーネが漁夫のもとにたどりついたいきさつ

　フルトブラントと漁夫が慌てて席をたち、機嫌を損ねたウンディーネの後を追いかけて小屋の戸口に駆けつけたときには、ウンディーネはとっくに靄のたちこめる暗闇のなかへと姿を消していました。どの方角へ向かったのか、その軽やかな足音の行方を聞き分けることはできませんでした。フルトブラントは家主のおじいさんに、どうしたことかと、まなざしを向けました。あっという間に夜の闇に消えたかわいらしいウンディーネが、その前に森のなかで騎士を相手に酔狂な戯れに興じた妖しい影の化身なのではないか、という疑念が芽生えたのです。しかし老人は口ごもりながらこう答えました。

「あの娘がわたしらにこんなことをするのはこれが初めてではありませんわ。もう心配で心配で、よく眠ることもできません。こんな暗闇のなか夜が明けるまで一人ぼっちで外におったら、どんなえらい目に遭わないとも限りません」

「それなら、なにがなんでも捜しにでかけなくては、おとうさん！」

フルトブラントも気がかりになって、声をあげました。

「なんのためにです？　わたしにしたって、こんな夜にあなた様をたった一人で愚かな娘の後を追わせようものなら、それこそ罪作りな話ではありませんか。それにこの老いぼれた脚では、行った先がわかったとしても、あのお転婆娘に追いつきやしませんや」

「それでも、せめて名前を呼んでみなければ。帰ってくるよう呼びかけてみましょう」フルトブラントは心をこめて呼びかけました。

「ウンディーネ！　おーい、ウンディーネ！　戻っておいで！」

漁夫は首をふりふり、そんなに叫んでみたところで結局は無駄骨に終わるだけ、と言うばかりです。騎士殿はわかっておられない、あの小娘がどれほど手におえないか。そうは言ったものの、漁夫もフルトブラントと一緒に、闇夜に向かって何度も呼びかけ続けました。

「おーい、ウンディーネ！　ウンディーネや！　お願いだから、ちょっとでいいから、戻っておいで」

しかし漁夫の言うとおりでした。ウンディーネの姿はどこにも現れません。消え去ったウンディーネの後をフルトブラントが追うことを、漁夫は許すつもりはなかったので、二人はやむなく小屋のなかへ戻りました。家の竈(かまど)の火は消えかかっていました。ウンディーネの家出と夜道の危険を、夫ほど気にかけていなかった妻は、もう寝床に入っていました。漁夫はあらためて炭に火を熾(おこ)し、その上に乾燥した薪(まき)をくべました。ふたたび炎があがりはじめると、葡萄酒を入れた酒壺(さかつぼ)を探してきて、自分と客人との間に置きました。

「騎士殿、大ばか娘のために、余計なご心配をおかけしてしまって」と話しはじめました。「どうか一晩、酒でも傾けながら、おしゃべりをして過ごしましょう。この葦(よし)簀(ず)の床(とこ)で寝つけずに寝返りばかりうっているよりはいいでしょう？」

フルトブラントは申し出をありがたく受け入れ、漁夫はフルトブラントに、寝てしまった妻の椅子に腰をおろすよう勧めました。二人は酒を酌み交わし語り合いましたので、いかにも意気投合した男同士の飲み会といった感じになりました。とはいえ、窓の向こうに少しでも気配を感じると、またなにも動きがなくても、二人のうちのどちらかが目を上げ、「あの娘だ」と口にすることがたびたびありました。するとほんの一瞬座が静まりかえりましたが、誰も現れないことがわかると首を横にふり、ため息をつきながらも話が続けられます。

いよいよウンディーネの話題以外に思いつくことがなくなると、騎士は、ウンディーネがどういういきさつで漁夫のもとにやってきたのか、どうしても訊かずにはいられなくなり、また漁夫のほうもその話を語らずにはいかなくなりました。そこで漁夫は切り出しました。

「もうかれこれ十五年も前のことになりましょうか。商いのためにあの荒れた森を抜けて町へ出かけたときのことです。家内はいつものように留守番でした。ただそうしたのには、その頃いささかうれしい理由がありましたからで。と申しますのも、当時わたしたちは二人ともかなり齢をとっておったのですが、神様の思し召しか、美しいことこのうえない子宝に恵まれました。女の子です。新しく生まれてきた児のためにも、この美しい岬の地を離れ、天からの授かりものであるわが児を、ゆくゆくは人里で育てたほうがよいのではないかと夫婦で話し合いました。騎士殿、わたしらのような貧しい民は、あなた様のお考えになるようにはなかなかまいりません。まあ、誰しも自分のできることをやるしかありません。道々この問題がどうしても頭から離れませんでした。この岬をとても気に入っていましたし、騒々しい町なかに暮らす自分を思い描いたら、それこそ身の縮む思いでした。こう言い聞かせてみましたよ。『近いうちにこんな忙しない町なかで暮らすことになるのだぞ。運がよくても、静かな暮らしなぞ望めまい』とはいえ、神様の思し召しに文句があったわけではございません。新たに子宝を授けてくださったことには、心から感謝していました。それに常日頃、森を往き来しながら、これまでこの身が危うくなったことはあったのか。危ない目に遭ったなどと言おうものなら、わたしはとんだ大嘘つきになってしまいます。わたしはこれまで一度たりとも森のなかで不気味な物の怪に遭ったためしはありません。神様が妖しの森を抜けるわたしのそばにいつもついていてくださり、護っておられたからです」

そこまで話すと漁夫は、禿あがった頭から帽子を脱ぎ、しばらくの間深い祈りを捧げました。それから帽子をかぶり直し、話を続けました。

「森のこちら側でわたしを待ち受けていたのは、ああ、なんてことでしょう、悲劇でした。家内がぼろぼろ涙を流しながらわたしを迎えました。喪服を着ています。『あ話してください、いったい何があったのか……」とお尋ねするのですが。

『うちのかわいい児はどこだ？　話してくれ』『あんたがその名を呼んだお方のもとよ』と答えるではありませんか。

涙をこらえ二人して小屋のなかへ足を踏みいれ、わたしはわが児の亡骸を探し求めました。そして初めてなにが起こったのかを知ることになったのです。湖のほとりで家内は子供を抱きかかえ座っていました。わが児相手にのびのびと幸せにひたって戯れていたところ、幼い娘が突然かがみこんだ、というのです。なにかとても美しいものを水面に見つけたかのように。愛しい天使のようなわが児が笑い声をあげ、小さな両手を伸ばすところまで家内は見ておりました。しかし一瞬のことでした。ひょいっと娘は家内の腕をすり抜け、鏡のような湖面に沈んでいったのです。わたしは娘の亡骸をずいぶん捜しまわりましたが、なにも見つかりませんでした。手がかりすら見つからなかったのです。

児を失ったわたしたち夫婦は、その晩小屋のなかで無言のまま、じっと座っているしかありませんでした。とても話をする気持ちにはなれませんでした。流す涙も枯れ果てて、二人で語り明かすこともできたでしょうが、そんな気にはなれませんでした。わたしたちは竈の火をただ見つめるばかりでした。そのとき戸口の向こうで物音がしました。扉が開くと、三、四歳くらいのなんとも美しい、立派な身なりの女の子が、敷居のあたりに立って、こちらに微笑みかけているではありませんか。わたしたちは驚きのあまり声も出ませんでした。わたしには、そこにいるのがちゃんとした人の子なのか、あるいはまぼろしでも見ているのか、わかりませんでした。ただその娘の黄金色の髪の毛からも豪華な衣装からも水が滴り落ちているのを見て、この美しい子は水に浸かってしまい、助けを求めにきたのだとわかりました。『おい、おまえ』とわたしは家内に言いました。『うちの児は誰にも救いの手をさしのべてもらえなかったが、わたしたちはせめてよそ様のために、もしわたしたちがそうしてもらえたら、この世でこんな幸せはないと思えるような功徳につとめようじゃないか』

わたしたち夫婦は幼い女の子の服を脱がせ、床に寝かせると、温かい飲み物を与えました。娘は一言も口をきかず、湖のように青く澄みきった目に笑みをうかべながら、わたしどもをただじっと見つめるだけでした。

翌朝、その子にけがのないことを確かめると、わたしは両親はどうしたのか、どうしてここに来たのか訊ねてみました。その結果、なんともわけのわからない、不可思議きわまりない話を聞くことになったのです。娘が生まれたのは、だいぶ遠くの地にちがいありません。この十五年、わたしも素性をいろいろ調べてみたのですが、なに一つわかりませんでした。そればかりかあの娘は昔も今も、ときどきおかしなことを口にするものですから、ひょっとして月から落ちてきたのではないかと思ってしまうくらいです。黄金のお城とか水晶の屋根だとか、もうわけのわからないことばかり話すのです。一番はっきりしている話が、つまりこういうことです。あの娘は母親と一緒に大きな湖を小舟で遊覧していたところ、水に落ちて、気がついたらここの木陰にいたというのです。見晴らしのよいこの岸辺がほんとうに気持ちよく感じられたそうです。

さて、もう一つ気がかりなことがありました。溺れ死んだわが娘の代わりに、拾ったこの子を手元において育てようと思いまして、やがてそういう運びになったのですが、その子が洗礼を受けているのかどうか確かめるすべがなかったのです。その子も洗礼の件についてまったく答えてくれません。自分が神様を誉め讃えるために創られた被造物であることは承知しています、と答えるばかりです。また、神様の栄光を誉め讃えるためなら喜んでご一緒させていただきます、とも言いました。

家内とわたしはこう考えたものです。あの娘が洗礼を受けていないのなら、すぐに受けさせよう。すでに受けていたなら、それは願ったりかなったり。よいことに、過ぎたるは及ばざるがごとしは当てはまらない。こうしてわたしたちは、その子に付けるよい名前はないか思案しました。どう呼びかけていいか、戸惑っていたからです。あれこれ考え、ドロテーアが一番しっくりくるのでは、と思い至りました。聞くところでは、この名前は〈神の賜物〉[3]を意味するというではありませんか。あの子はまさに神様から授かった贈り物、わたしらが悲しみに沈んでいたときの慰めになったわけですから。ところが娘のほうは、こちらの話にはこれっぽっちも耳を傾けてくれず、こう言ったのです。ウンディーネ[4]というのが両親の付けてくれた名前だから、これからもウンディーネと呼んでほしい、と。わたしには暦にも載っていないような異教風の名前[5]に思えましたので、町の神父様に助言を仰ぐことにしました。そのお方もウンディーネなどという名前はついぞ聞いたことがない、とおっしゃいました。そこで何度かお願いしまして、洗礼を済ませるために、わたしと一緒に妖しの森を抜け、この荒屋へとお連れしたのです。幼い娘は、かわいく着飾って、嬉しそうにわたしたちを迎えてくれましたので、神父様もすっかり娘を気に入ってくださいました。娘も心得たもので、巧みに神父様の心をくすぐり、かと思えば、おどけて拗ねてみせたりしたものですから、神父様もついに折れて、ウンディーネという名前に異を唱える理由をあげつらうことができなくなりました。こうして娘はウンディーネという名前で洗礼を受け、神聖な儀式の間、ことのほかお行儀よく、いい子にしていました。ふだんはお転婆で落ちつきのない子なのですがね。家内の言うとおりあの娘のことではさんざ苦労させられましたから。お客様、話を続けましょうか」

騎士は漁夫の話をさえぎり、激しく打ち寄せる水のような音がすると注意をうながしました。この音は、先ほどから漁夫の語りの合い間合い間に聞こえていたのですが、水の勢いはますます激しさを増して小屋の窓に打ち当たるようになりました。二人は慌てて戸口に向かいました。外には今しがた昇ったばかりの月の光に照らされた渓流

3　「ドロテーア（Dorothea）」はギリシャ語起源の名前で、「神の贈り物」の意がある。カトリック教会では、四世紀、ディオクレティアヌス帝の迫害で殉教した聖女ドロテーアにちなみ、二月六日が記念日とされていた。

4　「ウンディーネ（Undine）」の語釈については巻末の「解説」を参照。

5　一般にヨーロッパ人のファースト・ネームは、聖ミカエル、聖エリーザベトのように、聖人の名にちなんで、洗礼名とすることが多い。教会暦では三六五日が、宗派によって差はあるものの、なんらかの形で聖人や殉教者の命日、記念日として関連付けられている。例えば、日本でも有名な二月十四日は「聖ヴァレンタインの日」である。

が見えます。それは森から流れ下り荒々しく両岸を削るように溢れ、小石や小枝を渦に巻き込みながら運んできます。濁流の轟きに目覚めたのか、闇夜を引き裂くように突然嵐が巻き起こるや、月にかかる雲を矢継ぎ早にけちらしました。大きく羽ばたく翼から生じたかのような暴風に湖が吠え、岬の木々は根元から枝先まで喘ぎ声を放ち、めまいを起こしたかと思うくらい、ぐらぐらと身をよじり波立つ湖面に蔽いかぶさっていきます。

「ウンディーネ！　お願いだから、ウンディーネ！」

二人の男の不安に満ちた呼びかけにも答えは返ってきません。いてもたってもいられなくなった二人は、後先も考えず、一人はこちら、もう一人はあちらへと、ウンディーネを捜しに、大声で名前を呼びながら小屋を飛び出して行きました。

第三章　二人がウンディーネをふたたび見つけるまで

フルトブラントはますます不安にかられ、落ちつきを失っていました。宵闇（よいやみ）の木陰になにも見つけられぬまま、捜索の時間が長引けばなおさらです。ウンディーネが森に出没する物の怪（もののけ）だったのではないか、という思いまで強くなってきました。いやそればかりではありません。荒れ狂う白波に嵐の咆哮（ほうこう）、樹木のきしむ音に加え、静けさに包まれていた景色の美しいこの一帯がすっかり様相を変えてしまったために、フルトブラントは、岬全体が小屋やそこに住む漁夫の夫婦ともども、人をたぶらかす幻影ではないか、と思ったほどでした。しかし遠くからウンディーネを呼ぶ漁夫の不安げな叫び声がたえず聞こえてきます。祈り歌うおばあさんの大声も、轟々（ごうごう）たる嵐の音を通して耳に届きました。ようやくフルトブラントは氾濫（はんらん）する小川の岸までたどりつきました。月明かりのなかで見えてきたのは、小川が奔流と化し、不気味な森の手前まで迫ってきたために、突端が小島になってしまった岬でした。

　これは大変だとフルトブラントは思いました。よもやウンディーネがあの怖(おそ)ろしい森に足を踏み入れたのでは。簡単には人の言うことをきかないウンディーネだからこそ、彼女に森の話をしてはいけないという漁夫の言葉に、かえってつむじを曲げてしまったのではないか。

　濁流が押し寄せてきたら、ウンディーネは向こう側に取り残され、妖魔に囲まれて一人泣きぬれるしかない！――恐怖の叫び声がフルトブラントの口からもれました。彼は転がっていた大石や倒れたトウヒの幹をつたって下へ降り、水流のなかへと入っていきました。川床を這(は)うように歩き、水をかき分け、向こう岸に迷い込んだウンディーネを捜します。ふと、今日の日中に体験した薄気味悪い妖異(ふしぎ)な出来事は、ちょうど今激しく揺れ、うなりをあげる樹木の枝の下でのことだったと思い至りました。とりわけ、あのひょろりとした白装束の男が、向こう岸でにやにや笑い、うなずきながら立っているように思えたのです。しかしそんなおどろおどろしい姿形を思い浮かべるや、フルトブラントはいてもたってもいられない気持ちになりました。死の不安におびえながら、ウンディーネが、たった一人であの妖魔どもに囲まれている、と。

フルトブラントは頑丈そうなトウヒの大枝を一本摑み、この枝を支えに、渦巻く濁流のなかに立ち竦んでいました。水の勢いに姿勢を保てなくなったからです。しかし彼は勇気をふるってさらに深みへと一歩足を踏み出しました。するとそばからやさしい声が呼びかけてきました。

「信じちゃだめ、信じちゃだめ！　あの老いぼれは油断ならないわ。この流れのことよ！」

フルトブラントはこの愛くるしい声音に聞き覚えがあり、うっとりと聞き惚れながら、月が隠された暗闇に立ちつくしていました。そうしているうちにも渦巻く濁流に目も眩み、水は一気に太ももの付け根あたりにまで上がってきました。それでもフルトブラントはあきらめようとしません。

「おまえがほんとうにそこにいないのなら、わたしのまわりを漂うばかりなら、わたしもまた生きていないのかもしれない。おまえと同じように幻影になろう、愛しい愛しいウンディーネ！」こう声をはりあげると、フルトブラントはさらに深く川へ入っていきます。

「まわりを見て、まわりを。迷える美男子(おにい)さん！」

そんな声がまたすぐそばから聞こえてきます。脇に目を向ければ、ふたたび雲間から射しこんできた月の光に照らされ、小川の氾濫でできた小さな島の、先がからまりあっている木々の枝の下でウンディーネが笑みをうかべつつ、かわいらしい仕草で青々とした叢(くさむら)に身を横たえているではありませんか。

前とはうってかわって、トウヒの大枝を支えに使うにも、若いフルトブラントはどんなにか元気になったことでしょう。彼と娘との間を勢いよく流れる早瀬をほんの数歩で渡りきり、ウンディーネのそばにあるわずかばかりの芝の植え込みを見つけました。そこは立派な古木の木立で周囲の音が聞こえない、木陰に蔽(おお)われたひっそりと安全な場所でした。

ウンディーネは少しばかり身を起こし、緑の葉陰がつくる天蓋(てんがい)の下でフルトブラントの首に腕をからめ、彼女の座っている柔らかな草地にフルトブラントを座らせました。

「ここで話してください、すてきなお方」彼女は小声でささやきました。

「ここならあの気難し屋のおじいさんたちにも聞かれずにすむわ。あの人たちのみすぼらしい荒屋より、ここの木の葉の屋根のほうがずっといいし」

「ああ！」フルトブラントは感きわまって声をあげ、情熱的に口づけしながら甘える美女をかき抱きました。

するといつの間にか川の対岸にたどりついた漁夫が、若い二人にむかって呼びかけてきました。

「ほーれ、そこの若殿様、わたしは正直者が見ず知らずの人にふつうするように、あなた様をうちにお泊めしました。それなのにあなた様はうちの養女と人目を忍んで逢引きし、娘を心配するわたしを一晩中捜しまわらせるなんて、あまりに殺生ですぞ」

「わたしも今しがた、この娘を見つけたのですよ、おとうさん」騎士は言い返しました。

「それはそれは結構」と漁夫は言いました。「ぐずぐずなさらず、その娘をこちらのしっかりとした陸地のほうへお連れください」

ところがまたしてもウンディーネは言うことを聞こうとしません。あの荒屋に戻るよりも、この見知らぬ美青年と荒れ放題の森にこもっていたい、と言うのです。家に帰ったら自分の好きなようにはさせてもらえないし、美しい若殿様も遅かれ早かれそこをあとにするのだから、と。なんともいえない優しさを込め、フルトブラントにすがりつきながら、ウンディーネは歌いはじめました。

靄たちこめる谷間の波の子が
流れの果てに、求めた幸せ。
大海原にたどりついた
あの子はもう戻らない。

漁夫はウンディーネの歌を聴いて、涙にむせびましたが、彼女のほうはとくに感動する様子もありません。彼女は愛するフルトブラントに口づけし、その身体を撫でさすりました。ようやくフルトブラントは彼女に向かって言いました。

「ウンディーネ、あのおじいさんの哀しみがおまえの心に届かなくても、わたしにはこたえる。おじいさんのもとへ帰ろう」

彼女は大きな碧い目をいぶかしげにフルトブラントに向け、ゆっくりとした口調でためらいがちにこう告げたのです。

「あなたがそうおっしゃるなら、そうするわ。あなたの言うことならなんでも聞きます。でもあそこにいるおとうさんに約束してもらわねばなりません。あなたが森で見たことを話すとき、さえぎったりしないって。そうしてくれたら、あとは大丈夫」

「こっちへ、さあこっちへおいで！」

　漁夫はウンディーネに呼びかけるばかりで、それ以外の言葉は出てこないようです。同時に漁夫は両腕を彼女のほうへ精一杯伸ばし、わかったとうなずき、彼女の言い分をちゃんと聞くと約束しました。そのとき白髪が妙な形で漁夫の顔にかかって、フルトブラントの胸に、森で目撃した首を縦にふる白装束の男のことが突然よみがえりました。物の怪に惑わされないよう、若い騎士は美しい娘を両腕にしっかりかき抱くや、水からのぞくわずかばかりの地面をつたって彼女を運びました。小島となった漁夫の土地と陸地との間には早瀬が激しい音をたてて流れています。漁夫はウンディーネを抱きとめ、大喜びで何度も接吻（キス）を浴びせました。おばあさんも駆けつけ、再会できたウンディーネを下にもおかない気のつかいようです。責めの言葉はもう出てきません。ウンディーネも自分が反抗したことなど忘れ、二人の養父母に、やさしい言葉やいたわる仕草をこれでもかと繰り返しましたから、なおさら両親はやさしく接しました。

娘が戻った喜びにひたった後、みんなの気持ちがようやく落ちついたころには、朝焼けの陽光が湖面に映え、嵐もおさまりました。濡(ぬ)れた梢(こずえ)では鳥たちが楽しげにさえずっています。ウンディーネは騎士が話すと約束した物語を聞きたがったので、老夫婦も微笑(ほほえ)みながら折れ、彼女のたっての願いを聞き入れました。小屋の裏手の湖に面した木立の陰に朝食が用意され、みな心から満ち足りた気分で腰をおろしました。ウンディーネは、どうしてもそうしたいと言い張って騎士の足元の芝生に座りました。そこでフルトブラントは話を始めました。

第四章　騎士が森のなかで出くわしたこと

「もう八日くらい前のことでしょうか、わたしがこの森の向こうの町[6]に着いたのは。まもなくそこで華やかな馬上競技や槍投げ試合[7]が開催されたのです。わたしも愛馬とわが槍を手に存分に戦いました。試合場の囲いの所に馬をとめ、楽しい競技を一休みして、兜（かぶと）を従者の一人に手渡したとき、とても綺麗（きれい）な女性の姿が目にとびこんできました。最高級の装飾を身にまとい、バルコニーに立って、こちらのほうを見ていたのです。隣にいた人に訊（たず）ねると、その魅力的な乙女はベルタルダといい、この地に住む有力な領主の養女だそうです。彼女もわたしに視線を向けていることがわかりました。こういうことはわたしたち若い騎士にはよくあることです。わたしも勇敢に武芸を披露したので、思いもよらぬ展開となりました。その晩の舞踏会でベルタルダのお相手をつとめることになったのです。それに続く祝宴の間は毎日彼女の相手をつとめました」

フルトブラントの左手に痛みが走ったので、彼は話を止めて、痛む箇所に目をやりました。ウンディーネがその真珠のような歯を鋭く彼の指にあてているではありませんか。うらめしげで不機嫌な様子を隠そうともしません。ところがふいにウンディーネはフルトブラントの目を甘い憂いをおびたまなざしで見つめ、声をひそめてささやきました。

「そのあとの話を続けてください」

そう言うとウンディーネは顔を隠してしまいました。騎士はどこか落ちつかない妙な気分のまま、困惑した表情で話を続けます。

「気位の高い、少し変わったところのある少女です、このベルタルダって子は。二日目は初日ほど好きになれませんでしたし、三日目にはいやになってきました。けれどもわたしはベルタルダのそばにずっといました。彼女がほかの騎士よりわたしに好意を寄せていたからです。それで冗談半分、ベルタルダに『あなたの手袋を一つもらえないか』と頼んでみました。『例の噂の妖(あや)しの森がどんなものなのか、わたしに知らせをよこすなら、手袋をあげてもいいわ。ただしあなたお一人で行ってください』とベルタルダは言いました。わたしには彼女の手袋などどうでもよかったのですが、一度口に出したことは守らねばなりません。栄誉を重んじる騎士として、この程度の肝試しに二の足を踏んではいられません」

「その子はあなたが好きなんだわ」ウンディーネは話をさえぎりました。

「そうかもしれない」とフルトブラント。

「じゃあ」と娘は笑いながら語気を強めました。「その子はお莫迦さんね。好きなものを自分から遠ざけるなんて。それもいわくつきの森に追いやるなんて。あたしだったら森の秘密を知ろうとしてそんなにせっかちにはならないわ」

6　原文では「自由帝国都市（die freie Reichsstadt）」。一般的には神聖ローマ帝国の皇帝直轄都市のことをさすが、狭義には十二、十三世紀のシュタウフェン朝期に形成された都市や、それ以前の各地域の王家の支配下にあった都市をいう。シュタウフェン朝の拠点となったドイツ南西部、アルザス、チューリンゲンの中小都市に多く、例えば日本人観光客に人気のローテンブルク・オプ・デア・タウバーもその一つ。「自由な（frei）」という形容詞がつくのは、皇帝や王家から商いに関する一定の裁量権を付与されていたためである。

7　原文のRingelrennenはいわゆる「西洋風流鏑馬（やぶさめ）」のこと。騎士のスポーツの一つとしてドイツの宮廷で愛好された。馬上から素早く体勢を整え、長槍を投げ、的となる輪を通す競技。

「昨日の朝、わたしは出発しました」騎士はウンディーネに優しく微笑みながら話を続けます。

「木立の幹は、朝焼けに照らされ赤々と細い線のように光り輝き、陽の光が伸びるにつれ、芝の緑が明るく映えてきました。葉がざわざわと楽しげにささやきあっています。こういう景色に見とれていると内心で、このようなすがすがしい場所に不気味な異変を心配する人々のいることが可笑しくてしかたありませんでした。『森は馬で駆け抜ければ、往復にもそう時間はかかるまい』と愉快な気分で自分に言い聞かせていました。そのうち、緑の濃い木陰の奥深くに入って、後にしてきた平地の地平線は見えなくなっていました。そこで初めて気になりました。この巨大な森のなかではいとも簡単に道に迷ってしまいかねない。ことによるとそれがここを通る者を脅かす最大の危険ではないか。そこで馬をとめ、いくらか高く上がってきた太陽の位置を確かめました。上へ視線を向けると、背の高いオークの木の枝に黒いものが見えます。熊だと思い、剣の柄に手をおきますと、人間の声が、それもがらがらした耳障りな声が上から聞こえてきたのです。『この樹の上でわしが枝を齧りつくせないとなれば、そのせいでおまえは今日の真夜中には丸焼きにされる運命だな、小僧っ子めが』すると枝があざ笑うかのようにざわついたので、駄馬ときたら、見境をなくしてしまい、わたしを乗せたまま脱兎のごとく駆けだしました。それで悪魔の輩がどういう手合いか見る余裕もありませんでした」

「そんな言葉を口にしてはなりません」漁夫はそう言うと十字を切り、妻も黙って同じ仕草をしました。ウンディーネは愛する若者を澄んだ目で見つめ、こう言いました。

「あなたの話で一番いいところは、悪霊が馬を焼いて食べなかったことね。さあ続けて、美男子さん」

騎士は話を続けました。

「臆病な馬のせいで、わたしはあやうく木の幹や枝にぶつかるところでした。馬は不安と発熱で汗びっしょりになって、止めようにもいっこうに止まろうとしません。しまいには岩だらけの崖っぷち目がけて突進するではありませんか。すると突然、ひょろりと背の高い白装束の男が、狂った馬の行く手をはばんで立ちはだかったように思えました。馬はそれに驚いて立ち止まりました。わたしは馬を抑えることができたのですが、なんと、わたしを窮地から救ってくれたのはその白装束の男ではなく、銀色にきらめく早瀬だったのです。この早瀬は横手の丘から流れ下ってきたもので、荒馬の行く手を勢いよく斜めにさえぎったわけです」

「ありがとう、早瀬さんったら！」とウンディーネは両手を叩いて声をあげました。

しかし漁夫は頭を振り、なにか思うところがあるようで、伏し目がちになりました。

「わたしがまた鞍に腰を落ちつけると、手綱をしっかり持つか持たないうちに」フルトブラントは続けます。「傍らに妖しげな小人が立っていました。ひどく小柄なうえに醜く、黄褐色の肌に、鼻が大きく目立っていました。身体の割に、ふつうの若者と比べてもそれほど小さくない鼻だったのです。その小人が慇懃無礼な態度で、にやにやと横に大きく裂けた口元に笑いを浮かべ、何度も何度も片足を後ろに引いて、お辞儀を繰り返すのです。このふざけきった仕草がとても不愉快だったので、素っ気なく返礼するや震えのとまらないわが駄馬の向きを変え、帰途につこうかと思いました。右往左往している間に、太陽は一番の高さに達して久しく、すでに西の方角に沈みかけていました。そこへ例のちび助が、稲妻のようなすばしっこさで先回りし、またしても、わたしの馬の前に立っているのです。

『どけ！』わたしは腹立ちまぎれに言いました。『こいつは荒くれ馬だ。おまえなんぞ簡単に突き飛ばすぞ』

『へい』小人は鼻声で、おぞましいほどに不快な笑い声をあげるのです。『まず駄賃（チップ）をめぐんでくだされや、だってあなた様の馬っ子を止めてあげたでしょう。おいらがいなかったらあなた様は、馬っ子もろとも岩ごろごろの谷底に落っこちて、くたばってまっせ！』

『そんな面（つら）、見たくもない』とわたしは返しました。『おまえが嘘つきでも金ならくれてやる。いいか見てみろ。わたしが救われたのは、あそこを流れる早瀬のおかげだ。おまえじゃない。哀れなちび助めが』

　そう言うと同時にわたしは金貨を一枚、やつが物乞いのために脱いで差し出した変ちくりんな帽子に落としてやり、かまわず馬を進めました。しかし背後でやつが叫び声をあげ、いきなり信じられない速さでぴったり隣についてきました。わたしは馬に鞭打（むちう）ち、早駆け（ギャロップ）で先を急いだのですが、やつもまた速足で追いすがります。表情もふくれっ面に変わり、どこか可笑しくもあり、薄気味の悪い変な格好で身体をくにゃくにゃさせながら、金貨を高く振りかざし駆け足で飛び跳ねて、こう叫んだのです。

『ニセ金だ！　ニセ貨幣（がね）だ！　ニセ貨幣（がね）だ！　ニセ金だ！』

　その喘（あえ）ぐような叫びはやつの空（から）っぽの胸から絞りだされ、叫び声が聞こえるたびに、こいつは地面にぶっ倒れて死ぬのではないかと思えたほどです。毒々しいまでの赤い舌が、大きく開けた口からだらりと垂れ下がっていました。狼狽(うろた)えたわたしは、馬を止めて訊ねました。『そんなに叫んで、なにが望みだ。もう一枚金貨をとれ。いや二枚やろう。だが、もうわたしにはかまうな』

するとまた、あのいやらしいまでの慇懃無礼さで文句をたれるのです。『金貨じゃないでさぁ、こんなのが黄金であるわけがない、若い小僧っ子のお殿様よ。冗談はもうたくさんだ。おまえさんにいいもん見せてやる』

するといきなり、足元の緑の大地が透きとおり、一面が緑色のガラスで蔽(おお)われ、平らな地面が丸い球(たま)のようになった気がしました。そのなかに一群の子鬼(コーボルト)たちが金銀と戯れている姿が見えたのです。ある者は頭を上に、ある者は頭を下に、身体を丸めるかと思えばふざけて金銀を投げ合い、おどけながら金粉を相手の顔に吹きつけあっています。わたしについてきたあの醜い小人は、身体半分はその緑色のガラスの内側に、半分は外側に出していて、たくさんの金塊をほかの連中から手渡されると、笑いながらわたしの前で見せびらかしては、ふたたび派手な音をたてさせて奈落の底に放り込んでいました。

それからやつはわたしが与えた金貨を、あらためて下にいる子鬼(コーボルト)たちに見せました。すると連中はそれを見て腹をかかえて笑い、シューシューと音をたててわたしを野次(やじ)ります。連中がこぞって、鉱石で汚れた尖(とが)った指をこちらに向けて伸ばしてきました。荒々しい勢いでどんどん近くに迫り、たけり狂ったように、群れとなってわたしのほうを目指してよじ登ってきます。

するといっとき前にわが駄馬を襲った恐怖がこの身をも震え慄(おのの)かせました。わたしは馬に拍車を加え、無我夢中、これで二度目となりますが、森の奥深くへと狂ったように馬を駆りたてました。

やっとのことで落ちつきを取り戻し、馬を止めると、あたりには夕方の冷気が漂いはじめています。生い茂る樹木の枝の隙間から小道がほの白く光っているのが見え、森から町へ抜ける道にちがいないと思いました。わたしはそこへ向かって必死に馬を走らせましたが、真っ白な、なにか得体のしれない顔のようなものが、たえず表情を変えながら葉陰の間からこちらを見ているのです。それを避けようと思うのに、進む先々に、そいつは現れるのです。いいかげん腹に据えかね、わたしは馬をあえてそいつ目がけて駆り立てました。するとわたしと馬に白い泡が勢いよくかかってきて、目(め)

眩（くら）ましをくらったので、向きを変えざるをえませんでした。こうしてそいつはわたしたちを少しずつ、一歩一歩、小道から脇へ脇へと遠ざけ、ただ一つの方角にしか先へ進めないように仕向けたのです。そちらのほうへ馬を進めてゆくと、そのなにものかはぴったり後をつけてきましたが、わたしたちにはいっさい危害を加えるようなことはありませんでした。ときどき振り返って見たのですが、白く泡立つ顔は、それと同じように白い、巨人のような体軀（からだ）の上に載っかっているようでした。まるで歩く噴水のようです。馬も乗り手のわたしも疲れ果てて、追いたてる白装束の男に屈しました。それはたえず首を縦にふってうなずきながら、『いいぞ、いいぞ！』と言わんばかりでした。

こうしてようやく森の端を抜け出たところで、芝地と満々と水をたたえた湖とみなさんの小屋が見えたのです。すると例のひょろりとした白装束の男も姿を消してしまいました」

「そいつが消えて、なによりでした」漁夫は言い、客人の若者が町の人々のところに戻るための最善の方法について話しはじめました。するとウンディーネが小さな声で一人くすくす笑いはじめたのです。フルトブラントはそれに気づいて言いました。

「わたしはきみがわたしにいてほしいのだと思っていたが、出発の話をしているのに、どうして嬉しいんだね？」

「あなたは行けないから」ウンディーネは答えます。「氾濫した渓流を、小舟でもいいし馬でもいいし、その気があるなら一人で渡ってごらんなさい。まあやめたほうがいいかも。稲妻のような速さで押し寄せる木の幹や石くれにつぶされてしまうのがおちでしょうから。湖のことならあたしにまかせて。おとうさんの小舟では、湖をそう遠くへは行けません」

フルトブラントは微笑みながら立ち上がり、ウンディーネの言うとおりなのか確かめることにしました。漁夫も同行しました。二人の傍らで娘は冗談を言いながら、嬉しそうに跳びまわっています。ウンディーネの言ったことは本当でした。騎士は孤島になってしまった岬に、洪水がおさまるまで留まるしかないと覚悟を決めました。

三人が小屋に戻ると、騎士はウンディーネの耳元にささやきました。

「さあ、可愛い子ちゃん、どうする？　わたしがここに留まるのはお嫌かい？」

「まあ。ほっといてちょうだい。あたしがあのときあなたの指を嚙まなかったら、べルタルダの話をどれほど聞かされたか、わかったものじゃないわ」
ウンディーネはいささかご機嫌斜めでした。

第五章　岬での騎士の暮らし

この本を読んでくださっているあなたが、あれこれ波風の絶えない世間を離れ、どこか心安らぐ土地に着いたとしましょう。静かで平和なわが家を求める、誰にも生まれながらにそなわっている慈しみの感情があなたのなかに芽生えます。あなたはこう考えます。この地こそまさにふるさと。子供の頃の記憶に残る花々、純粋な、真の愛を育んだ花々が、かけがえのない墓所からまた咲きこぼれると、ふるさとが蘇ってくる。[8] この地できっとよい暮らしができるにちがいない、ぜひわが家を構えよう。しかし、そこまで強く心に決めたことが思い違いとわかって、あとから後悔してみたところで、それがなんになりましょう。苦い記憶にひたって自分からわざわざ落ち込む人なんかいないでしょう。あのなんと形容してよいかわからない甘い予感を、あの天使の微笑みにも似た平穏な毎日を、ふたたびあなたの心の内に呼び覚ましてごらんなさい。そうすれば、騎士フルトブラントが岬における日々の暮らしをどう感じていたか想像がつくでしょう。

フルトブラントはときに満ち足りた思いに浸りながら、森の渓流が一日また一日と激しさを増し、川床を削りながら広がる様子を見ていました。孤島となった地での隔絶された生活は、ますます長引きそうな気配です。漁夫の家の一隅で古びた石弓を見つけたフルトブラントはそれを直し、陽の出ている間は、弓を手にあちこちを歩き回っては空を渡る鳥に狙いを定め、射落とした鳥は、御馳走として焼いてもらうよう台所へ持っていきました。フルトブラントが獲物を手に帰ると、ウンディーネはきまって責めたてました。海原のように広がる空を飛びまわる愛すべき陽気な鳥を目の敵にして、その命を奪うなんて許せない、と咎めるのです。死んだ鳥を見て涙にくれることもたびたびでした。なんの獲物もなく手ぶらで帰ってくる日もありましたが、そんなときのウンディーネときたら、また本気になって文句を言うのです。フルトブラントの弓の腕が悪く、いいかげんだから、あたしたちは魚か蟹しか食べられない、と言って怒るのです。どちらにせよ、フルトブラントは、そんな微笑ましいウンディーネのふくれ面を心待ちにするようになりました。たいていの場合、そのあとで仲直りのつもりか、ウンディーネはやさしく愛情をこめてフルトブラントの身体(からだ)に触れてくるので、フルトブラントにはそれがいっそうの楽しみになりました。

おじいさんとおばあさんは二人の若者の仲良しぶりを見るにつけ、まるで二人が婚約者同士のように、いや夫婦のように思われたほどです。齢(とし)をとって孤島に暮らすおじいさんおばあさんをかいがいしく助ける若夫婦のように。こうして世間から遠く離れていると、若いフルトブラントは、自分がもうウンディーネの許婚(いいなずけ)であると思い込むようになりました。そのうちに島を囲む水の向こうに世界があるなどと思えなくなり、よその人々と交わることなどもう二度とあるまいと思うようになっていました。芝の草をはむ愛馬のいななきが、騎士の務めを忘れないよう警告する声のように聞こえるときもありました。鞍(くら)や馬衣(うまぎぬ)に刺繍(ししゅう)されたリングシュテッテンの家紋がきらり

8　ドイツにおける墓場は、日本で考えられるほど、おどろおどろしい場所ではなく、喧騒(けんそう)を離れた静穏な雰囲気のなかを散策しながら、先祖や先人に思いをはせる公園のような森林墓地が多い。十八世紀のドイツの詩人クロップシュトックが有名な「夜明けの墓所」に詠んだように、美しい自然に抱かれ眠る故人を偲(しの)ぶ一方、墓地の草花が春とともに蘇れば、再生のイメージにも結びつく。

と光を放つのが目に入るときもあれば、小屋の壁釘に吊るされていたフルトブラントの美しい剣が思いがけず落ちたときに、鞘から抜けた光る刃先を見ることもありました。そういうときフルトブラントの胸にはふと、このままでいいのだろうか、という思いが兆すのですが、彼は自分にこう言い聞かせて振り払おうとしました。ウンディーネは漁夫の娘などではない、おそらく、どこか遠い国の、謎めいた王侯貴族の生まれではないか。フルトブラントの気に障ったのは、おかみさんが彼のいる前でウンディーネを叱りつけるときでした。気まぐれな娘のほうは、まったく意に介せず鷹揚に受けとめて、口やかましい老婆を笑いとばしていましたが、貴族のフルトブラントにしてみれば、まるで自分の誇りを傷つけられたように感じました。とはいえ漁夫のおかみさんにもそれなりの言い分がありました。ウンディーネはいつも、頂戴したお小言の少なくとも十倍は大目玉を食らうに値するいたずらをしでかしていたからです。フルトブラントはおかみさんのことも心から好いていたので、岬での生活はそのまま静かに、愉しく続けられたのです。

しかしとうとうそんな安らぎの時間が終わるときがやってきました。漁夫と騎士二人の習慣になっていたのが、お昼どきと晩の酒宴でした。風の強いときは、いつも夜もふけてから荒れはじめるのですが、その日もそうでした。二人は葡萄酒（ぶどうしゅ）を一盃酌み交わすのを楽しみにしていましたが、漁夫が町から少しずつ運んでいた酒の貯（たくわ）えが尽きてしまい、二人ともすっかり不機嫌になってしまったのです。ウンディーネはそのさまを見て笑い転げていましたが、漁夫も騎士もいつものように彼女の冗談にも乗ってきませんでした。夕方になると、ウンディーネは小屋を出ていきました。つまらなそうな二人の顔を見ているのが嫌になった、と言うのです。日が暮れて嵐の気配が感じられ、湖面がうなりをあげて波立ってきたため、騎士と漁夫は慌てて戸口に向かい、娘を連れ帰ろうとしました。フルトブラントが小屋にたどりついた日のあの不安な夜を思い出したのです。ところがウンディーネは二人のもとに戻ってくるではありませんか。楽しそうに華奢（きゃしゃ）な手を叩きながらこう言いました。

「あたしが葡萄酒を持ってきたら、何をくださる？　でもいいわ、見返りをくれなくっても」

　さらにこう続けます。「お二人が明るい顔になってくださるなら、ここ最近のように、日がな一日つまらなそうな顔をせずに、なにかもっとましなことを考えてくださるなら、あたしはそれで満足よ。一緒について来て。森の渓流が樽（たる）を一つ岸辺に運んできたのよ。それが酒樽でなかったら、あたし、まる一週間寝込むことになってもいいわ」

男たちがウンディーネの後をついてゆくと、茂みに蔽われた岸辺の入り江に、ほんとうに樽が一つありました。そのなかに二人が望む貴い飲み物が入っているのでは、と期待に胸もふくらみます。彼らは小屋へと樽を急いでころがしていきました。それというのも暗雲がふたたび夕焼け空を蔽いはじめていたからです。宵闇のなかでも湖が白く泡立ち、波しぶきが空高くあがるさまがわかります。波は雨をさがし求めて、あたりを見まわすかのように打ち寄せ、じきに雨粒が音をたてて落ちてきそうな気配となりました。ウンディーネは二人を一所懸命に手伝い、雨もようの空が唐突にうなりをあげはじめると、垂れこめる雲に向かって、どこかおどけて脅しつけるような口調で命じました。

「こら、こら！　あたしたちをびしょ濡れにしないように気をつけなさい、軒下に行くにはまだ時間がかかるんだから」

漁夫はウンディーネのこうした物言いを、傲慢にもほどがあると叱りつけました。彼女は忍び笑いをするばかりでしたし、なにも悪いことは起こりませんでした。それどころか、手に入れた収穫品を濡らさずにわが家の炉辺へと運び入れることができました。樽を開けて試しに飲んでみると、妙なる味の極上の葡萄酒ではありませんか。するとそのとき暗い雲から一気に雨が降ってきました。嵐が木々の梢をゆさぶり、湖では波がうねりをあげています。

やがて大樽から葡萄酒を何本か瓶につめ、当面の貯えはできました。荒れ狂う暴風雨をよそに酒を酌み交わし冗談を言い合いながら、室内で炉辺を囲み、みなで団欒のときをすごしていました。すると突然漁夫が真剣な口調でこう言ったのです。

「神様、ありがたいことです。この貴重な贈り物をいただき嬉しいかぎりです。持ち主だったお方は、渓流の氾濫で酒樽を奪われてしまったばかりか、その命まで落としてしまわれたのではあるまいか」

「そんなことあるわけないわ！」

ウンディーネはそう言うと、微笑みながら騎士に酒をつぎたしました。しかしフルトブラントも気がかりだったのでしょう。

「わたしの貴族としての名誉にかけて申し上げます、おとうさん。夜道の危険がさほどないようなら、その方を捜して助けるすべはあります。みなさんにははっきり申し上げておきましょう。わたしがまた陸地に戻れば、酒樽の持ち主とその方のご家族を捜しだし、この葡萄酒の代金を二倍、三倍にしてお返しいたします」

　これには漁夫も喜び、騎士に向かって納得のしるしに相槌をうち、盃の酒を良心のとがめなく気持ちよく飲み干しました。

　しかしウンディーネはフルトブラントにこう言い放ちました。

「あなたのお金で弁償するなら、お好きなようになさい。でもその人を捜すなんて莫迦ばかしいわ。そのせいであなたにもしものことがあったら、あたし泣くに泣けない。あなたはあたしのもとにいたいんじゃなかったの、おいしい葡萄酒の飲めるここに」

「それはそうだが」フルトブラントは苦笑しながら答えます。

「まったく」ウンディーネが続けます。「莫迦ばかしいことを言うものだわ、あなたったら。誰だってわが身が一番かわいいでしょう。他人がどうなろうとかまわないじゃないの」

　おかみさんはため息をついて、首を横に振りながらウンディーネから目をそらしました。かわいい娘への日頃からの愛情も忘れて漁夫は叱りつけました。

「まるで異教徒かトルコ人[9]に育てられたような言い草だぞ。神様、わたしとこの不肖の娘をどうかお許しください」漁夫は謝罪の言葉で締めました。

「そうよ」と、ウンディーネが応じます。「あたしには、誰に育てられたかなんて、どうだっていいって感じなの。おとうさんたちがいくら御託を並べたって、なんの慰めにもならないわ」

「黙りなさい！」漁夫はウンディーネを怒鳴りつけました。

ふだんは生意気なウンディーネもこれにはかなり狼狽えて、身をすくめ、震えおののきながらフルトブラントにすがりつきました。そしてそっとフルトブラントに訊ねました。

「あなた、あなたも怒っていらっしゃる？」

騎士はウンディーネの柔らかな手を握り、彼女の巻き毛を撫でました。フルトブラ

9　この物語が中世に題材を採っているために、十字軍の遠征との関連で「異教徒」という表現は腑に落ちるが、「トルコ人」のほうには、二回にわたるオスマン帝国のウィーン包囲（一五二九年と一六八三年）という脅威を意識したヨーロッパ人の感覚が鮮明に表れている。この小説の舞台となるドナウ川は黒海に注ぎ込むが、フケーの時代もその下流域と黒海はオスマン帝国の版図に入っていた。

ントはなにも言うことができません。ウンディーネに対する漁夫の厳しい態度に思わずかっとなって、くちびるを噛みしめていたからです。こうして老夫婦と若い男女はすっかり興ざめし、ばつの悪い沈黙のなかで向かい合っていました。

第六章　婚礼の祝儀について

　気まずい沈黙を破るように戸を叩くかすかな音が聞こえました。小屋のなかにいた誰もがはっとしました。どんなささいなことでも、思いがけないときに起こると肝をつぶしてしまうものです。さらにこの岬のそばにはいわくつきの森があり、今では人が簡単には近づけないようになっていたのです。みないぶかしげに顔を見合わせました。とんとんと戸を叩く音が繰り返され、深いうめき声が聞こえます。騎士は剣のあるほうに近寄りました。しかし漁夫が小声で言います。

「あれがわたしの怖れているものならば、武器があっても役に立ちゃしませんぞ」

　その間にウンディーネは戸口に近づき、忌々しげに語気を荒らげてこう言いました。

「地霊たち、お聞き！　悪さをするつもりなら、キューレボルンがおまえたちを痛い目に遭わせるわよ」

この怪しげな言葉に一同はたじろぎ、おそるおそる娘に目を向けました。フルトブラントが勇気をだしてウンディーネに質問しようとすると、表からこんな声が返ってきました。

「わたしは地霊などではありませぬ。ただ、この世の人の姿を借りた精霊かもしれませんが。わたしを助けてくださらんか。小屋のなかにおられる、おのおのがた、神様を怖れているなら、わたしのために戸を開けてくだされ」

ウンディーネはそれを聞くや、すぐさま戸口を開け、灯火を手に嵐の闇夜を照らしました。表に立っていたのは年老いた神父でした。神父は世にも美しい娘の姿に驚き、後ずさりしました。神父はこう考えたのかもしれません。これは幽霊か、それともなにかの魔法にちがいない。こんなみすぼらしい荒屋(あばらや)からとびきりの美女が現れるなんて。ですから神父はお祈りを始めたのです。

「もろもろのよき精霊たちよ、主なる神を讃(たた)えたてまつらん！」

「あたしは妖怪なんかじゃないわ」ウンディーネが微笑(ほほえ)みながら言いました。「あたし、そんなに醜く見えるかしら？　それに神父様もおわかりと思いますけど、信心深い祈りの言葉にも慌てていないでしょう。あたしだって神様については知っているし、神様に祈りを捧げることが当たり前だとわかっています。誰もが自分なりのお祈りの仕方があるのは言うまでもありません。そのために神様はあたしたちをお創りになったのですから。神父様、どうぞお入りになって、ここにいるのは、いい方ばかりですよ」

神父は軽く会釈をして、あたりを見回しながら入ってきました。見たところ神父は気さくで気品に溢れる人でした。しかし黒い僧衣の折り目という折り目から、たくわえた白い髭からも、真っ白な巻き毛の頭からも水が滴り落ちています。漁夫と騎士は神父を別室に招き入れ、着替えを用意しました。女二人には神父の濡れた服を手渡して、乾かすように言いつけました。よそからきたご老人は慇懃に心からの礼を述べたものの、騎士が神父に差し出した金ぴかの外套を、着替えとして身に着けようとはしません。代わりに神父が選んだのは、漁夫の古くなった灰色の上着でした。こうして一同は居間に戻りました。おかみさんは神父のためにすぐさま自分の大きな椅子を譲

10 「キューレボルン（Kühleborn）」の名前は、「冷たい」という意味のドイツ語kühlと「泉」を意味するBrunnenの古語Bornを合成させた言葉で、強いて訳せば「冷泉」さん、となろうか。

り、神父がそこに腰かけるまで、みずから座ろうとはしません。おかみさんはこう言いました。

「神父様はお齢をめされておられますし、お疲れのようです。それになんと申しましても、聖職者なのですから」

ウンディーネは、ふだんフルトブラントの隣に腰かけるときに使っている専用の小さな椅子を神父の足の下に差しいれました。温厚な老人をかいがいしく世話するウンディーネの姿はやさしさに溢れていました。フルトブラントはそれを見て、ウンディーネをからかう言葉を耳元にささやきましたが、彼女は真顔で反論しました。

「あの方は、あたしたちみなをお創りになった神様にお仕えしているのではありませんか。ふざけたことを口にしてはなりません」

騎士と漁夫はそれから食事と葡萄酒で神父を元気づけました。神父のほうも、いくらか体力を回復し、自分のことを語りはじめました。神父は昨日、この大きな湖から遠く離れた地にある修道院を発って司教座[11]のある町へ向かう予定でしたが、それは大司教に窮状を訴えるためでした。このたびの摩訶不思議な洪水によって、修道院と修道院に年貢をおさめている周辺の村々が困り果てている、というのです。神父は洪水のせいでまわり道にまわり道を重ねたあげく、今日の夕方のことですが、水嵩（みずかさ）を増した湖の入り江を、二人の親切な船頭の助けを借りて舟で渡るしか手だてがなくなってしまったのです。

「ところが」神父は続けます。「わたしたちの小さな舟が波を切って進みはじめるや、凄（すさ）まじい嵐がまき起こり、頭上を猛（たけ）り狂ったように吹き荒れました。まるで大波がわたしたちに狙いを定めて待ち構えていたかのように、力のかぎりをつくして、わたしたち相手に渦巻くような舞踏を始めたかのようでした。船頭たちの手からもぎとられた櫂（かい）は波の力でこなごなにされて、手の届かぬはるか遠くへ流されてしまいました。わたしたちも風に吹き飛ばされ、なすすべなく、もの言わぬ自然の力に身をゆだねたまま、湖の沖へと、この遠い岸辺にまで流されてきたのです。濃い霧と白く泡立つ波

11　カトリック教会で地方教会の統治者、または司祭団の中心人物が司教であり、司教座は狭義では、司教の座る椅子をさし、司教の権威を象徴する。このような司教座のある教会が大聖堂（Dom）やカテドラル（Kathedrale）と呼ばれる。司教座聖堂は一司教区内に一つが一般的。現在のドイツには七つの大司教区と二十の司教区があり、有名な大聖堂にはバンベルクやケルンの大聖堂、リンブルクの大聖堂などがある。

の間から、この岸辺がせりあがってくるように見えました。ところが小舟はいよいよ激しく、ぐるぐる回りはじめるのです。なにがなんだかわからぬまま舟は転覆し、わたしは投げ出されました。怖ろしい死が迫ってきたと絶望しつつ懸命にもがきました。その挙句こうして波に流され、あなたがたの小島の木々の下にたどりついたのです」

「ええ、ここは孤島になってしまったんですよ！」漁夫が答えます。「ほんの少し前まではここはまだ岬だったのです。ところが森の渓流や湖が大荒れに荒れてからというもの、わたしたちの暮らしも様変わりしました」

「わたしも気づきました」と神父が言いました。「暗闇のなかを水際に沿って這って進んでいますと、いたるところ激しく波が打ち寄せているのですが、踏み固められた小道が波浪のなかに消えているのが見えました。そのときあなたがたの小屋の明かりに気づき、勇気をふるってこちらへきた次第です。これこそ天にましますわれらが父に、いくら感謝しても、したりないくらいです。神様のおかげで、水のなかから救いだされたうえ、信心深い人々のもとに、ほかならぬみなさんのところへと導かれたのですから。ましてや、わたしが生きているうちにあなたがた四人以外の誰に会えるともわからないわけですから、なおさら神様に感謝しなくては」

「神父様はなぜそのようにお考えなのでしょう？」漁夫が訊ねます。

「みなさまのほうこそ、四大の精霊[12]のこのふるまいが、あとどのくらい続くか、ご存じだというのですか？」と神父は逆に問い返しました。「わたしはもう齢です。表の氾濫した川の水が涸れつきるよりも、わたしの命脈のほうが遠からずつきてしまうかもしれません。そのうえ、まさかのことだって起こらないとはかぎりません。波立つ湖面がみなさま方とあの向こうの森との間にどんどん迫り、ついにはあなたがたも遠く陸地から切り離され、お持ちの小舟ではあちらにたどりつけなくなってしまう。陸の住民も、いろいろと楽しいことにかまけ、みなさんのことをすっかり忘れてしまう

12　自然が水・火・風・地の四つの基本要素から構成される、という考え方は、古代ギリシャ（ターレスやエンペドクレス、ストア派）以来、多くの神話を生み出してきたが、中世の錬金術師パラツェルズスは、自然の精を、四つに分類し、水の精がニュンフェ（ニンフ）とウンディーネ（オンディーヌ）、風の精がジュルフェ（シルフ）とジルヴェストル（シルヴェスター）、地霊がピュグメーエ（ピグミー）とグノーム（ノーム）、火の精がザラマンダー（サラマンダー）とヴルカーン（ウルカヌス）とした。フケーはパラツェルズスの本からウンディーネの物語の着想を得たといわれている。

かもしれません」

おばあさんは神父の話に身をすくめ、十字を切って、こう口にしました。

「神様、どうかお助けください！」

その様子を微笑みながら見つめていた漁夫は、妻に話しかけました。

「心配性だな！　おまえ、それはまだまだ先の話だよ、それにおまえさんには関係ない。おまえさんはもう何年も、森の境から向こうに行ったことがないだろう。わしとウンディーネ以外の誰を見たことがある？　つい最近のことだろう、若殿様と神父様が来られたのは。ここが忘れられた孤島になっても、こちらのお二人はうちに留まれる。おまえさんにとってもそれが一番だろうに」

「わかりません」おばあさんは言いました。「人ともう二度と会えないと思うだけで、生きた心地もしませんよ。たとえその方々を知っていなくても、会ったことがなくても」

「そうなっても、あなたはあたしたちのもとにいてくださるわよね、いてくださるわよね」

ウンディーネはそっと、なかば歌うようにささやき、フルトブラントの傍らへ、情も濃やかに寄り添いました。しかしフルトブラントは奇妙な幻影に心を奪われていました。先ほど神父の語った言葉を耳にしてから、川向こうの森のあたりが、いっそう遠のき、暗くなっていくように感じます。今暮らしている花咲きほこる島の緑は色濃くなり、ますます鮮やかに彼の心に沁みいり、歓声をあげるかのようです。花嫁が、このささやかな土地で一番美しい、いや世界で一番美しい薔薇として、燃えるような魅力をふりまき、そこには立会いの神父がいます。

ふと現実に戻ると、おかみさんの怒りに満ちたまなざしが美しい娘に向けられていました。聖職者のいる前で、娘が恋人の身体にあまりにぴったりと、しなだれかかっていたからです。咎めだてる言葉がどっと口をついて出てきそうな雰囲気でした。そのとき騎士が神父に向かって切り出しました。

「神父様、あなたの前にいま一組の新郎新婦がおります。この娘と善良な漁師のご夫妻が反対しないなら、あなた様の手で今晩わたしたちを添わせてください」

おじいさんとおばあさんは怪訝な顔をしました。二人もそのようなことをなんとなく考えていたのですが、だからといって口にしたことは一度もありません。そんなとき騎士が結婚を口にしたものですから、老夫婦にはなにか新しいこと、前例のないことのように思えたのです。ウンディーネは突然真顔になりました。深く物思いに沈むように目を伏せました。一方神父はことの詳細を聞きだし、老夫婦に同意の意思があるかを訊ねました。あれこれやりとりがあって、話し合いが終わりました。おかみさんは若い二人に夫婦の寝室を整えるために席をはずし、長いこと大事にとっておいた二本の礼拝用のろうそくを婚礼の儀式のために探していました。騎士はその間、黄金の首飾りをいじって、環を二個はずそうとしました。これを指環代わりにして花嫁と交換するためです。それに気づいた花嫁は深い物思いからわれに返り、こう言いました。

「それはだめ！　両親はあたしを、物乞いするような貧しい子として、この世に送ったのではないわ。両親は早くから、このような晩がやってくることをわかっていたのよ」

そう言い終えたウンディーネは、やにわに外へ飛び出したかと思うとすぐ戻ってきました。高価な指環を二つ手にしています。一つを花婿に渡し、もう一つを自分のものにしました。漁夫はそれを見て驚きを隠せませんでした。ちょうどその場に戻ってきたおかみさんはなおさらです。二人ともこの子が指環を持っているなんて知らなかったからです。

「あたしの両親が」ウンディーネは答えました。「このささやかな宝物を、ここにたどりついたときに着ていた美しい服に縫いこんでくれたのです。両親は、どういう形であれ、婚礼の晩を迎えるまでは指環のことを誰にも口外してはならない、とかたく命じておりました。それであたしはこっそりはずして、今日の今日まで隠しておいたのです」

神父は老夫婦が驚いて質問攻めにするのをさえぎり、礼拝用のろうそくに火を灯し、テーブルの上に置いて、新郎新婦が向かい合うように言いつけました。神父は手短に、厳かな言葉をかけて二人を夫婦にしました。老夫婦も若い二人を祝福します。花嫁はかすかにふるえながら、なにか考え事でもあるように騎士に身をあずけました。すると神父はせきを切ったようにこう言いました。

「みなさん、それにしても奇妙なことです！　みなさんはさきほどこう言われた。自分たちはこの孤島に住む唯一の人間だ、と。ところが婚礼の儀式の間、窓からわたしのほうを覗く男がいました。身なりの立派な、ひょろりと背の高い男が白い外套を着て立っておりましたぞ。まだ戸口の前に立っておられるにちがいない。家のなかに入っていただくなら、いまのうちに」

「神様、お助けを！」おかみさんが身をすくめて言いました。

漁夫は黙って首を横に振り、フルトブラントは窓辺に急ぎました。フルトブラントも白い一条の光のようなものを見た気がしたのです。しかしそれはすぐに闇に消えてしまいました。フルトブラントは神父を、あなたはなにか勘違いしたにちがいない、と説き伏せました。その後はみなで炉辺を囲みながら団欒のときを過ごしたのです。

第七章　婚礼の夜も更けての出来事

婚礼の前も儀式の間もウンディーネはまことにお行儀よく、大人しく振る舞いました。ところが式が終わると、まるでその埋め合わせをするかのように、ウンディーネのなかに潜んでいたありとあらゆる気紛れの虫が、またぞろ図々しくも蠢きだし、さながら静かな湖面に白波を立てはじめたかのようです。ウンディーネは花婿や養父母に、あげくは高徳な神父にまで、子供っぽいいたずらをしかけました。おかみさんが少しでもたしなめようとすると、騎士の口からは、ウンディーネはわたしの妻です、と重々しく真顔でさえぎる言葉が飛びだし、おかみさんを黙らせてしまいます。ただ騎士も、ウンディーネの大人気ない振る舞いは気に障りました。いくら目で合図を送っても、いくら咳払いしても小言を並べても、ウンディーネはどこ吹く風です。花嫁は愛する夫の不服そうな顔に気づくと、——じっさいたびたびそうしたのですが――大人しくなり、夫の傍らに腰をおろし、夫にやさしく絡みつくと微笑みながら耳元にささやきかけ、彼の額にできた気難しい皺を元に戻したのです。しかし落ちついているのもつかの間、なにか突拍子もない思いつきが浮かんで、また他愛ない悪ふざけを繰り返すのでした。しかももっとたちの悪いふざけ方になって。そこで神父は居ずまいを正してから、やさしい口調で諭しました。

「娘さんや、おまえがみんなを喜ばせようとしている姿はほんとうにかわいいのだが、少しは考えてくださらんか。おまえさんの魂が、大好きな花婿殿の魂といつも相和す音楽を奏でるように、ときには調子を合わせてくれないものか」

「魂ですって！」ウンディーネは神父を笑いました。「とても可憐な響きですこと。たいていの人にはためになる美風かもしれません。でも、もし魂というものをまったくもっていないならば、神父様お願いです、どう調子を合わせればいいのでしょう？このあたしがそうなのです」

神父は深く心を傷つけられ、神を敬うゆえの憤りから黙ってしまいました。神父は娘から哀しそうに顔をそむけました。ウンディーネは機嫌を取るように神父を追いかけ、こう語りかけました。

「どうかお怒りになる前にちゃんと聞いてください。神父様がお怒りになるのを見るのはつらいです。神父様になんのご迷惑もかけなかった被造物のあたしを、どうか傷つけないでください。どうかあたしを広い心で包んでいただけないでしょうか。あたしの言うことがどういう意味なのか、きちんと申し上げておきたいのです」

ウンディーネはさらに詳しく事情を語ろうとしましたが、突然、内心の恐怖心にとらわれたかのように口ごもり、悲しみの涙をぽろぽろ流しはじめたのです。ウンディーネをどうすればいいのか、みなわけがわからぬまま、それぞれが黙って気遣っていました。ウンディーネはようやく涙をぬぐうと、神父のほうを見つめながら、こう言いました。

「魂って、愛らしいもの、でもなにかとても怖ろしいものにちがいないわ。神様にかけて、信仰篤い神父様、魂なんかに関わりにならないほうがましだってことはありませんか？」

ウンディーネは答えを待つかのように黙りこみました。彼女の涙は止まりました。小屋のみなは一斉に腰を浮かすや、怖いものでも見るかのように彼女から遠ざかりました。しかしウンディーネは神父しか見ていないようでした。彼女の表情には怖いもの見たさの好奇心が溢れていて、それがほかの人々を怯ませたのです。

「魂って重いものにちがいありません」誰も答える者がいなかったので、彼女は続けます。「とても重い！　それが近づいてくるのを思うだけで、不安と哀しみで暗い気持ちになります。ああ、あたし、いままではのびのびと軽やかだったし、いつも陽気だったのに！」

　ふたたび大粒の涙が川のように目から流れ出したので、彼女は服を顔に当ててぬぐいました。そこで神父は、真剣な面持ちで彼女に近寄り、聖なるイエス・キリストの御名にかけてこう諭しました。もし邪なものがあなたのなかにあるのなら、今ここで花嫁の覆いをお脱ぎなさい、と。しかし彼女はそうせずに、神父の前にひざまずき、神様に捧げる神父の言葉を復唱し、神の栄光を讃え、真心からの信仰をもって臨むことを誓いました。それを見て神父は騎士にこう告げました。

「花婿殿、婚礼の式を挙げた花嫁とあなただけにいたしましょう。わたしが確かめたところ、あの子に邪悪なところはありません。ただ一風変わっているというだけでしょう。これからも注意を怠りなく、愛と誠意[13]をもって接してください」

　こう言うと神父は部屋を出てゆき、老夫婦も十字を切りながら神父の後に従いました。

ウンディーネはひざまずいたままでした。花嫁の覆い(ヴェール)を頭からはずし、おそるおそるフルトブラントに目を向けて、こう言いました。

「ああ、あなたは、もうあたしをそばに置いてはくださらないのでしょう。なにも悪いことはしていないのに、あたしはなんてみじめな子なのかしら！」

ウンディーネの様子は、とてもしとやかで、切々と胸に迫るところがあったので、花婿もこれまで感じていた恐怖や謎めいた振る舞いのことを忘れ、ウンディーネのそばに駆けより、彼女を抱きかかえました。彼女は涙を流しながら微笑みました。涙の流れるさまは、さながら朝焼けの茜色(あかねいろ)が小川に映えるようでした。

「あたしを見捨てないでくださいね！」ウンディーネはそっとささやき、柔らかな両手で騎士の頬を撫(な)でました。フルトブラントはこの仕草のおかげで、いまだ彼の心の裏(うち)に巣食って悩ませる怖気(おぞけ)立つ思いを振り切ることができました。妖精か、とんでも

13　「誠意」を意味するドイツ語の「Treue」には、「裏切らない」「浮気をしない」という、神の名において結ばれた婚姻の定めが含意されている。

ない悪霊と夫婦になったのではないか、という疑いです。そのため一つだけ訊いておきたいことを思わず口にしました。

「ウンディーネ、神父様が戸口を叩いたときにおまえが話した地霊たちのことだが、キューレボルンっていったい誰なんだ、どうか教えてほしい」

「メールヒェンですよ、子供のためのおとぎ話！」ウンディーネは笑いながら、いつもの陽気さを取り戻して答えました。

「はじめはあたしがあなたやみんなを怖がらせた。最後はみんながあたしを心配させる。これがあたしたちの物語の結末ってところね、これで今日の婚礼の夜は終わりよ」

「いいや、まだ終わってはいない」そう言って愛に溺れた騎士は、ろうそくの火をふき消しました。そして美しい恋人に口づけの雨をふらせながら、窓から射しこむ月の光に照らされたウンディーネを花嫁の部屋へと連れて行きました。

第八章　婚礼の翌日

すがすがしい朝の光が若夫婦を目覚めに導きました。ウンディーネは恥ずかしそうに毛布の下に身を隠し、フルトブラントは静かに物思いにふけっていました。なぜなら昨晩眠りにおちいるや、幽霊の登場する悪夢にうなされたからです。幽霊どもは薄笑いを浮かべ、こっそり美女に化けようとしたものの、美女に見えたのもつかの間、竜の首へと早変わり。フルトブラントがこの醜い妖怪たちの姿に驚いて跳ね起きると、窓の外からは青ざめた冷たい月の光が射しこんでいます。思わずウンディーネに目をやりました。昨夜フルトブラントはウンディーネの胸に身を預け眠りに落ちたのですが、彼女は美しくやさしい表情を浮かべたまま、彼の傍(かたわ)らでまどろんでいます。フルトブラントは赤い唇に軽く口づけしてふたたび眠りにつきました。しかしまた恐怖で目が覚めてしまうのです。すっかり目覚めた状態でわが身に起こったあれこれを考えたあげく、フルトブラントは美しい妻に疑いの念を抱いた自分を責めました。自分はどうかしていたのだ、と。彼はウンディーネを疑った非を詫びましたが、ウンディーネはただ美しい手を差しのべるだけで、深いため息をついて黙りこくってしまいました。しかしウンディーネのまなざしは、フルトブラントがこれまで一度も目にしなかったほど限りない愛情に溢れていたので、彼女が本気で腹を立てているわけではないことは一目瞭然でした。

フルトブラントは明るい気持ちで床から起きあがると、家人の集う居間へ移りました。三人は気遣わしげな表情で炉辺を囲んでいましたが、あえて懸念を伝えようとする者は誰もいません。神父は災いが及ばぬよう心のなかで祈りを捧げているかのようでした。そこへ若い夫が満足げに入って来るのを見て、みなの表情に浮かんでいた憂いの影も消えました。それどころか漁夫は騎士と冗談を交わしはじめ、それが失礼にならない、真心のこもったものだったので、おかみさんの顔にも笑みが広がります。ウンディーネもようやく身支度を整え、戸口に姿を現しました。一同そろって彼女のそばに行こうとしましたが、思わずまごつき立ちつくすばかりでした。そのくらい若妻はみなの目に今までとはまったくちがった様子に映ったのですが、それでもそこにいたのは、まぎれもないウンディーネでした。

そのとき神父がまず父親のような愛情で目を輝かせ、ウンディーネに歩み寄りました。神父が祝福のために片手を軽く挙げると、美しい妻は神様への思いにうち震えながら神父の前にひざまずきました。それから神父に、昨日うっかり口にしてしまったおろかしい発言について、言葉をつくして許しを請いました。そのうえで真心をこめ、どうかこのわたしの魂の平安を祈ってください、と訴えたのです。立ち上がったウンディーネは養父母に口づけし、自分のためにしてくれたことへの感謝の念をこめ、こう言いました。

「ああ、今わたしは心の底から感謝しています。おとうさんおかあさんが、これまでどれほど、わたしのためになさってくださったか。大好きな、大好きなおとうさんおかあさん！」

ウンディーネはいつまでも愛する二人をかき抱いていましたが、おかみさんが朝食のほうに目を向けたのに気づくや、ウンディーネも台所に立ちました。料理や食卓の準備に大忙しの心やさしいおかみさんに、余計な気遣いをさせないようにふるまったのです。

ウンディーネは終日こんな感じでした。大人しくしていますが、愛想よく、気配りがきいて、あるときは幼いお母さん、あるときはちょっとはにかむ乙女のようです。以前のウンディーネを知っていた三人は、今にも彼女の気紛れが引き起こす例の悪ふざけが始まるのではないかと心配していました。しかし待てどもそんな兆候は見られません。ウンディーネは天使のように穏やかでやさしいままです。

神父はウンディーネからいっときも目を離すことができないほどで、幾度となく花婿にこう言いました。

「昨日あなた様は天の配剤によって、このふつつか者のわたしを立会いに、よき伴侶に恵まれました。その宝物を、しかるべくお守りください。そうすればあなたは、この世で永久の幸せを手に入れることでしょう」

夕暮れどきになると、ウンディーネはやさしく騎士の腕にすがり、そっとフルトブラントを戸口の外へと連れ出しました。夕陽に照らされ、青々とした草地や、丈のある細い樹木の幹が美しくほんのりと輝いています。若い妻の目に浮かぶ涙の滴には、憂いと愛が宿り、唇から漏れるほとんど聞き取れないため息のなかに、二人の心の機微にふれる気がかりな秘密が隠されているように見えました。ウンディーネは黙したまま、愛する夫を先へと導いてゆきます。フルトブラントが口を開くと、ウンディーネはまなざしだけで応（こた）えました。フルトブラントの質問に直接答えることはありませんでしたが、そのまなざしには、夫への愛と、つつましく夫に尽くそうという気持ちが溢れています。森の渓流が氾濫（はんらん）する岸辺にたどりつくと、流れが勢いを失い地面に消えてゆくのを見て騎士は驚きました。それまで暴れ放題に水嵩（みずかさ）を増していた痕跡が見る影もありません。

「明日までに川は干上がってしまうはずです」と美しい妻は泣きながら言いました。

「そうなれば、あなたはなんの気兼ねもなく、どこへでもお好きな所へ旅立てますね」

「ウンディーネ、おまえを置いてはいかないよ」笑みを浮かべて騎士は答えます。

「いいかい、たとえ旅に出ようとしたって、必ずや教会やお坊さん、皇帝や帝国（くに）がそうはさせまいと、逃げるわたしをきみのもとへ連れ戻すはずさ」

「なにもかもあなたのお心次第ね。あなた次第」と幼気（いたいけ）なウンディーネは、泣き笑いの面持ちでささやきました。

「わたしのことを見捨てないでくださいね。わたしは心からあなたをお慕いしていますから。目の前にあるあの小さな島まで、今わたしを抱えて運んでください。あそこで決めましょう。わたし一人でも、行こうと思えば波をかいくぐって行けますが、あなたの腕に抱かれていたほうが安心できるし、あなたがわたしを捨てるにしても、最後はあなたの腕のなかで心安らかにしていたいわ」

フルトブラントは、得体の知れぬ不安と感動に胸いっぱいとなり、なんと答えていいのやらわかりません。彼はウンディーネをかき抱くと、向こう岸へと運びましたが、この小さな島こそ、あの最初の晩、家を飛び出したウンディーネを捜し、漁夫のもとへ連れ戻したときに見つけた場所だということに、そのときようやく思い至りました。島にたどりつくと、フルトブラントはウンディーネを柔らかな草の上に降ろし、言葉巧みに彼女の傍ら（かたわ）に腰を下ろそうとしましたが、ウンディーネはこう言いました。

「だめよ。そこに座って、わたしの向かいに、お願い。あなたの目を読みたいから。あなたの唇が動きはじめるより先に目を見たいの。よく聞いてください、あなたにどうしても話しておきたいことがあるの」そう言うと彼女は続けました。

「あなたには、ぜひ知っておいてもらいたいの。四大の精霊のなかには、ほとんどあなたがた人間と同じ外見をしていながら、あなたがたの前にはめったに姿を現さない精霊がいます。炎のなかで戯れ輝くのは、妖異な火竜のサラマンダーです。地中奥深くには、痩せこけた狡賢い地霊グノームが潜んでいます。森のなかを飛びまわって番をする森の精は、風の世界の住人です。海や湖、川や渓流には水の精という広く知られた種族がいます。音のよく響く水晶の天井を通して、太陽や星の光が空から降り注いでくる水面下の世界の住み心地くらい素晴らしいものはありません。碧や深紅の実をつけた背の高い珊瑚の樹がお庭を明るくしていますし、海中の真砂の上を歩けば、美しい、色とりどりの貝に出会えます。今日の世界ではもう喜ばれなくなってしまった、いにしえの世界にあった美しい宝物を、水の流れは、その銀色に輝く秘密のヴェールで蔽ってきました。水底ではそういう立派な遺跡が高々と居ずまいを正してそびえています。慈しむような水に守られ、いかにも優美な風情で立っているのです。水に蔽われた遺跡の表面から、美しい苔の花や花輪のような葦の繁みが咲きほこっています。水中に棲む者は、清楚で愛らしい姿をしています。たいていは人間よりも美しい。漁師ならば、やさしい水の女が水面から顔を覗かせて唄う歌に、思わず耳を傾けたことのある者は少なくないでしょう。[14] 男は女の美しさを語り広め、そのような不思議な女たちを人間は水の精ウンディーネと名付けました。あなたが今ここで目にしているわたしもウンディーネの一人なのよ」

騎士は、自分の美しい妻がまたしても妙な気紛れを起こし、虚実ないまぜにした物語で自分をからかうつもりなのだと思いこもうとしました。しかしどんなに自分自身にそう言い聞かせてもだめでした。得体のしれない恐怖がフルトブラントの心中をつき抜けました。一言も口に出せないまま、語り続ける妻のやさしい目を見つめ返すだけでした。ウンディーネは顔を曇らせ首を横に振ると深いため息をついて、また話を続けます。

「わたしたちは、あなたがた人間より、ずっとすぐれているかもしれません。というのも、わたしたちが自分たちを人間と呼んでいるのは、姿かたちが似ているからです。でもそこが都合の悪いところでもあるのです。わたしの同族たちは、ほかのものに姿を変えると、精神も肉体も雲散霧消してしまい、跡形がいっさい残りません。あなたがた人間が、いつか天に召されていっそう浄められた生に目覚めるのに対し、わたしたちは、死んでしまえば砂や火花や風や波のまま、と言えましょう。だからわたしたちには魂というものがありません。生きているかぎり、自然の霊がわたしたちを動かし、わたしたちの言うことも聞いてくれます。わたしたちが死ねば、自然の霊がわたしたちを吹きとばして消してしまいます。わたしたちは陽気で、悲しみなんか知りません。それは小夜鳴鳥（ナイチンゲール）や金魚など自然が産み出したほかのかわいい生き物と同じようなものです。でも誰だって今よりもっと上へ、さらに高みを目指そうとするものです。わたしの父もそれを望みました。父は地中海に君臨する水界の大王でしたが、自分の一人娘に人間の魂（こころ）を与えてやりたい、魂（こころ）を得ることで人並みの悩みをもち、それに耐えなければいけない、と望んだのです。ただし、わたしたちは、あなたがた人間の種族の一人とまことの愛を交わすことによってのみ魂（こころ）を得られるのです。

こうして今わたしは魂（こころ）を吹き込まれました。あなたのおかげで魂（こころ）を得たのです。言葉にできないくらい愛しているあなたのおかげです。あなたがわたしの人生をこれからも悲しいものにしないでくださるなら、一生感謝申し上げます。というのも、あなたがわたしをお嫌いになって、わたしをお捨てになるなら、わたしはどうなってしま

14　ギリシャ神話、オデュッセウスの物語に出てくる、船乗りを歌声で惑わす海の魔女セイレーンのことか。セイレーンは警報装置サイレンの語源でもある。ライン川のローレライ伝説も同じ趣向で、ドイツ・ロマン派のブレンターノも物語詩を残している。後にハイネも同じ題材で作詞し、ジルヒャーの作曲でこちらのほうが有名になった。

うのでしょう。でも醜い手段を用いて、あなたを引き留めておきたくはありません。わたしをお捨てになりたいのなら、今ここでそうしてください。お一人で向こうの岸辺へ帰ってもかまいません。わたしはこの小川に帰っていきます。この小川はわたしの伯父なのですから。伯父はこの森のなかで風変わりな隠者の暮らしを送り、友とは疎遠になっております。でも伯父は権勢（ちから）のある人で、流れる水にとって伯父は欠かせない存在です。伯父は、軽やかで、屈託なく笑っていた子供のわたしを漁師のおじいさんたちのところへ運んできたように、ふたたび両親のもとに里帰りさせることもできるでしょう。魂（こころ）を得、愛し、悩む女となったわたしを」

ウンディーネはさらに話そうとしましたが、フルトブラントは感きわまりウンディーネをかき抱くや、ふたたび岸辺に連れ帰りました。そこで彼は涙を流し、熱い口づけを繰り返し誓いました。やさしい妻をけっして見捨てることはない、と。そしてギリシャの彫刻師ピグマリオンよりも、自分は幸せ者だと喜びました。女神ヴィーナスがピグマリオンの彫った美しい石像に命を吹き込み、彼の恋人に仕立てた故事を思い出したのです。[15] 甘い信頼にひたりながら、ウンディーネはフルトブラントの腕に寄り添い、小屋へと戻りました。ウンディーネは今ようやく心から納得しました。霊（れい）

界の主である父親の水晶宮殿を後にしてきたことを、もう後悔しなくてよい、と思ったのです。

15　オウィディウスの『変身物語』巻十のエピソード。

第九章　騎士が新妻を連れて旅立ついきさつ

　フルトブラントは翌朝眠りから覚めると、傍(かたわ)らに美しい妻がいないことに気づき、またしても妙な考えにとらわれはじめました。結婚したことも魅力的な若妻ウンディーネも、つかの間の幻ではなかったか、と思えてくるのです。そのときウンディーネが戸口から入ってきてフルトブラントに口づけし、ベッドに寝たままの彼の横に腰かけ、こう言いました。

「ちょっと早めに起きて出かけてきたのです。伯父が約束を守ってくれたかどうか見ておきたかったから。伯父は暴れる水を寝かしつけ、川はどこも元の静かな流れに戻りました。伯父もいつものように森のなかをさらさらと流れていて、隠者がなにか考え事でもしているような感じです。伯父の友人たちの水と空気の精も落ちつきました。いずれまた、この一帯は万事とどこおりなく秩序と平穏を取り戻すでしょう。あなたも足を濡らさずに、望めばすぐにでも故郷に帰れます」

フルトブラントは、目覚めてもまだ夢を見続けているような気分です。自分の妻の妖しげな親戚筋にどうしても馴染めません。けれどもそれを表には出さないようにしました。愛くるしい妻の溢れんばかりのやさしさを前にすると、どんな不吉な予感もたちまち気にならなくなります。戸口の外にウンディーネとともに立ち、あらためて岬に目を向けたフルトブラントは、澄みきった湖面が下がりはじめ、樹々の緑が徐々に姿を現してくるのを見て、二人の愛が育まれたこの地がとても好ましく思えてきたので、こう言いました。

「どうして今日旅立たねばならないんだい？　この秘密の隠れ家のような、ささやかな場所で暮らすほど満ち足りた日々は、世界中のどこを探したって見つからないだろうに。あと二、三度はここで太陽が沈むのを見せてもらいたいくらいさ」

「だんな様がそうおっしゃるなら」ウンディーネは慎ましやかに答えました。「ただ、おとうさんおかあさんは、わたしがいなくなるとひどく悲しむでしょう。わたしの誠意をあのお二人が感じてくだされば、そしてわたしが今もどれほど二人を心から愛し、尊敬しているかわかれば、涙のあまり、今でも不自由な目がさらに見えなくなってしまうわ。二人は大人(おとな)しく、信仰が篤(あつ)い今のわたしを、心のなかになにがあるのかわからなかった以前のわたしより好ましく思っています。今のところ風がおさまっている、と思っている。わたしの振る舞いを、湖が静かになったと感じているわ。そのうちわたしと仲がよいのと同じように、小さな木やかわいい花とお友達になってくれるでしょう。あの二人には、この新しい贈り物、愛に溢れる心を得たわたしのことを黙っておきたいの。二人がこの地でそういうわたしを失ってしまうというときに、真実を告げたくはないから。わたしたちがこれ以上長くとどまっていれば、隠し通せるかどうか、わたし自信がないわ」

フルトブラントはウンディーネの言い分にも一理あると思い、漁夫のところに出向いて、すぐにも出発を予定していることを打ち明けました。神父は、若夫婦に同行することを申し出て、神父と騎士は、短い別れの挨拶(あいさつ)を済ますと、美しい妻を馬に乗せ、森の渓流のすっかり涸(か)れて乾いた川床を渡って、森へと急ぎました。ウンディーネはむせび泣いていました。どうにも後味の悪い涙でした。おじいさんとおばあさんが大きな声でウンディーネの背に、嘆き悲しむ言葉をかけていたからです。なにか不吉な予感のようなものが二人の心をとらえて離さないようでした。それは、たった今かわいい養女を失ってしまったのではないか、という予感です。

三人の旅人たちは、おし黙ったまま森のなかでもっとも鬱蒼と木の繁った場所に至りました。緑の葉に蔽われた大広間のような森のなかを進む一行は、いかにも絵に描いたように美しく見えたことでしょう。真ん中を行く、上品に飾り立てられた立派な馬には美女が乗っています。一方の側には、白い修道服をまとった気品のある神父が付き添い、もう片方の側には、彩り豊かな光沢のある晴れ着に身をつつむ凛々しい騎士が大ぶりの剣を帯刀して、あたりを気遣いながら馬を進めています。フルトブラントは愛らしい妻からかたときも目を離せませんでした。泣きはらし涙も乾いたウンディーネも、騎士のほうばかり見ています。二人はまなざしを交わし、表情で応えるという声に出さない静かな会話を楽しんでいましたが、そのうち小声で交わされる会話によって現実に引きもどされました。気づかぬうちに一行に追いついた四人目の旅人と神父が話していたのです。

その旅人は白い服を着ていました。ほとんど神父の修道服と変わるところがなく、ただ違う点は、頭巾を顔が隠れるほど深くかぶり、ゆったりした折り目のついた服全体が、その男のまわりにからまりついて、男はそのつど服をからげたり腕で払ったり、身だしなみを整える必要に迫られていたことです。そうしないと歩くうえで邪魔になるのです。若夫婦がその男に気づくと男はすぐさまこう言いました。

「もうかなり前からわたしはここの森に住んでおりますが、神父様、あなたたちの言い方で、おまえは隠者か、と言われても困りますな。隠者だなんて、わたしには悔い改めることなんてありませんし、とくにその必要も感じていないのでね。森が好きなのは、わたしなりに森が愛おしくてね、森のなかは楽しいし。こんなにばたばたと風に翻るような服を着て、暗い木陰を抜けてゆきますと、ときどき思いがけず太陽の光がぱっと射しこんできましてね、うきうきしてくるんですわ」

「あなたはかなり変わったお方ですね」と神父が答えました。「どうかあなたのことをもう少し詳しくお話しいただけませんか」

「で、あなたはどなたですか、お互いさまですから」見知らぬ男が訊ねました。

「ハイルマン神父[16]と呼んでください」と神父が返します。「わたしは、湖の向こうのマリアグルス修道院[17]からやって来ました」

「ほう、ほう」男は答えました。「わたしはキューレボルン[18]と申します。まあ、礼をつくしてくださるなら、フォン・キューレボルンさん、か、フォン・キューレボルン男爵（フライヘル）と肩書を付けて呼んでくださってもかまいません。[19] と申しますのも、わたしは森の鳥のように自由（フライ）でしてね。たぶん少しばかり鳥の上をいって融通無碍（ゆうずうむげ）かもしれませんね。例えばですね、今あちらの若い女の方にちょっと話したいことがございまして」

気がつくと、いつの間にか男は神父とは反対側に移っており、ウンディーネのすぐそばに近寄るとにゅっと背を伸ばし、ウンディーネの耳元でなにごとかささやいています。彼女は驚いて顔をそむけ、こう言いました。

「あなたとはもう一切関係ありませんから」

「はっはっ」見知らぬ男は笑うと、「なんとまあおそろしく上品ぶった婚礼をあげた

16　ここで初めて神父の名前が「ハイルマン（Heilmann）」と明かされるのだが、ドイツ語のHeilには「救済」や「浄福」の意があり、いかにも敬虔な聖職者にふさわしい命名がされている。

17　「マリアグルス（Mariagruß）」という架空の修道院名も、直訳すれば「聖母マリアの挨拶」、アヴェ・マリアの祈りに通じる名前となっている。

18　「キューレボルン（Kühleborn）」については注10を参照。

19　「フォン（von）」は貴族の肩書。キューレボルンの自己紹介は、「男爵（Freiherr）」の称号に含まれる「フライ（frei）」が「自由な」という意味もあることにかけている。

ものですな。もう親戚のことなどおかまいなしってことですか？　キューレボルン伯父のことも知らぬとは、おまえさんを背中に乗せて、義理堅くこの地に運んできたというのに？」と言いました。

「お願いですから」とウンディーネも応じます。「もうわたしの前に姿を現さないでください。今のわたしはあなたが怖いのです。あなたのような奇妙な仲間や親戚と付き合っているところを夫が見たら、わたしを怖れるようになるではありませんか」

「わが姪御さんよ」キューレボルンが言いました。「忘れてもらっちゃあ困る、わたしがこうしておまえさんのお供をつとめていることを。お化けの地霊どもときたら、おまえさん方と莫迦ばかしい悪ふざけをしたがってうずうずしておる。静かにご同行できるようにはからってもらえんかな。あの老神父様は、わたしのことをおまえさんよりか、よく覚えておいでのようだ。さっき言っていたが、わたしのことをどこかで見たような気がするらしい。あのお方が湖に落ちたとき、一緒に小舟に乗っていたのでは、と言うのさ。もちろんその通り。あのときのわたしこそ、神父様の危ないところを救った竜巻だった。おまえさんの婚礼のために陸地へと運んであげたのだからね」

ウンディーネと騎士はハイルマン神父のほうに目を向けましたが、神父は歩きながらも夢うつつの状態で、ここで交わされている会話を聞いていないようでした。そこでウンディーネはキューレボルンに言いました。

「もうすぐ森を抜けます。あなたの助けはこれ以上必要ありません。あなたがいるともう薄気味悪くて、わたしたち耐えられません。お願いですから、ほんとうにお願いですから、この場から姿を消してください、わたしたちを平穏無事に先に行かせてください」

これを聞いてキューレボルンは気を悪くしたように見えました。顔が醜く歪み、ウンディーネをにやにや笑って見つめたので、ウンディーネは悲鳴をあげ、夫の助けを求めました。騎士は稲妻のように駆けつけ、鋭い剣の切っ先をキューレボルンの首に振りおろしました。しかしフルトブラントが切りつけたのは一筋の滝で、高い断崖から旅人たちの横に流れ落ち、突然笑い声にも似た瀑音を轟かせ降り注いだため、三人とも肌までずぶ濡れになってしまったのです。不意を打たれ目を覚ました神父は、こう言いました。

「前々からこんなことになりはしないかと思っていましたよ。小川がわたしたちの径の横の高台を並行して流れていましたからね。初めのうちはそこに人がいて、しゃべっているような気がしていましたが」

フルトブラントの耳には、滝の音がはっきりと聞き取れる言葉になって入ってきました。

「太刀さばきも捷(はしっこ)い若武者さんよ、わたしは怒ってなぞいない、けんかもしない。ただおまえの美しい妻をちゃんと守ってほしいだけだ。若武者さんよ、血のめぐりも捷いわな！」

ほどなく三人がひらけた地に出ると、町がまばゆく目の前に迫ってきました。城や教会の尖塔を黄金色に染める夕陽に気持ちよく温められ、ずぶ濡れになった旅人たちの服もすっかり乾いていました。

第十章　町での暮らし

若い騎士のフルトブラント・フォン・リングシュテッテンが突然行方不明になったことは、町でも大きな話題となり、人々の間では心配する声があがっていました。フルトブラントは武芸に秀で踊りが上手なうえ、その温和でやさしい人柄は町の人々から愛されていたからです。従者たちも、主人がいなくては町を離れるわけにはいきません。ただ誰一人として、主人を捜しに薄気味悪い森の暗闇のなかに入っていこうという猛者はいませんでした。従者たちは宿にとどまり、こういうときの世の倣いで、無為のままただ一縷の望みだけをつなぎ、寂しさを嘆くことで、いなくなった者の思い出を記憶に刻もうとしていました。失踪後まもなく大嵐と洪水が一帯を襲ったことが知れると、美丈夫の旅人フルトブラントも、もはや助かるまいと、その死を疑う者はいませんでした。

ベルタルダはフルトブラントの不幸を人目もはばからずに悼み、森への冒険行をけしかけたわが身を呪いました。ベルタルダの養父母にあたる大公夫妻が彼女を連れ戻しにやって来ると、ベルタルダは、フルトブラントの安否がわかるまではこの町に一緒にいてほしいと両親を説得しました。ベルタルダに求婚してきた若い騎士たちにも働きかけ、勇気を奮い、森の探索に赴いてくれないものか頼みました。とはいえベルタルダには、危ない仕事の見返りに、求婚に応じて自らの手を差し出す気はさらさらありませんでした。フルトブラントが無事に戻ってきたらあらためて親しくなりたい、とベルタルダはずっと望んでいたからです。そんなわけで、ハンカチか飾りリボン、せいぜい一度の口づけくらいでは、命を懸けてまで、危険な恋敵になるかもしれぬ人物を連れ帰ろうとする者はいませんでした。

そこへ思いがけず、ひょっこりフルトブラントが現れたので、従者や町の住人はもちろん、誰もが大喜びでした。ただベルタルダだけが喜びの輪からはずれていました。フルトブラントが絶世の美女をともない、婚礼の証人としてハイルマン神父を同行させていたことは、ほかの人々には微笑（ほほえ）ましく思えても、ベルタルダにとっては気が沈むだけだったのです。第一、若い騎士を心から愛していたのはベルタルダです。彼が行方不明になると人一倍ベルタルダが悲しんでいたので、それは誰の目にも明らかでした。しかしベルタルダは賢く振る舞いつづけ、自分の置かれた立場を受け入れ、町をあげてお姫様扱いしているウンディーネと、一番仲良く付き合うようにしていました。噂によれば、フルトブラントが森のなかでウンディーネを邪悪な魔法から解いてやったということです。ウンディーネその人に、あるいは夫のフルトブラントにその事情を訊ねても、二人は黙ったままか、巧みに話をそらしてしまいます。ハイルマン神父の口もかたく、神父はフルトブラントが町に着くとふたたび修道院に帰ってしまったので、人々はあれこれ勘ぐるしかなく、ベルタルダ自身が知りえたことも、ほかの人たちとあまり変わりありませんでした。ウンディーネのほうも日を追うごとに、この気品のあるお嬢様が好きになっていました。

「もうだいぶ前からお互い知り合っていたにちがいないわ」ウンディーネはことあるごとにベルタルダに言いました。「そうでなければ、わたしたちにはよくよくの縁があるにちがいないわ。だって、よほどの秘密の所以がなければ、他人をこんなにも、一目ぼれのように好きになってしまうことなんてないもの」

ベルタルダもウンディーネに親しみや愛情を感じていることを否定できませんでしたが、その一方で、幸せいっぱいの恋敵に対する苦々しい思いも、彼女にあえて近づく理由だと感じていました。このように二人が強く惹(ひ)かれあっていたので、ベルタルダは養父母に、ウンディーネは夫に、出立の日を一日また一日と延ばすようにはからってもらったのです。そればかりか、ベルタルダがしばらくの間ウンディーネのお供をして、ドナウ川の源流があるリングシュテッテン城まで付いて行くことまで話にのぼっていました。

その話になったのは、ある美しい夕べ、星明かりに照らされ、高い木立に囲まれた町の広場(マルクト)を散策していたときです。二人の若夫婦は後からベルタルダを散歩に招き入れました。三人連れだって仲睦(なかむつ)まじく、紺碧の夜空の下を歩きまわりました。ときどき会話がとぎれてしまうのは、広場の真ん中にあった見栄えのする噴水がたてる妖異(ふしぎ)な水音に思わず賛嘆の声が漏れてしまうからでした。三人はまるで家でくつろいでいるような心地よさを感じていました。葉陰を通して近くの家々の明かりが目に入り、遊びに興じる子供たちや屋外を散歩する人々のかすかな声が、三人をとりまくように遠くから聞こえてきます。そこにいるのは三人だけなのに、まるで家にいるような心地よい気分になりました。日中は難しく思えたことも、今は先が開けるような気がします。ベルタルダを連れて旅立つからといって、どうしてそれが心配の種になるのか、気になりませんでした。

三人が一緒に出発する日取りを決めようとしたとき、ひょろりと背の高い男が、広場の真ん中から彼らに向かって歩いてくるや、一同の面前で慇懃にお辞儀をし、新妻のウンディーネの耳元で何事かささやきました。ウンディーネは割って入った男に気分を害され不愉快になりましたが、その見知らぬ人物と連れ立って道の脇に行き、小声で話しはじめました。その様子はまるで外国語で話しているかのようです。フルトブラントはこの奇妙な男とどこかで会ったような気がしました。男のほうばかりをじっと見つめていたので、驚いているベルタルダの問う声も聞こえず、質問にも答えませんでした。不意にウンディーネが愉快そうに手を叩いて見知らぬ男を笑いとばし、男は唖然としてその場に棒立ちになりました。男は首を横に振り振り、せかせかと苛立たしげに立ち去り噴水に飛び込んでしまいました。フルトブラントにはようやくことの次第がのみこめたのですが、ベルタルダはこう訊ねました。

「あの水守の親方[20]はあなたになんて言ってきたの、ウンディーネ？」

若妻はくすくす笑いながら返答しました。

「明後日よ、あなたの聖名祝日の日[21]にわかるわ」

それ以上のことをウンディーネは口にしませんでした。そしてベルタルダとその養父母である大公夫妻を、特別な日の午餐に招くと言いました。その後すぐに一同は別れました。

「キューレボルンかい？」フルトブラントが、底知れぬ恐怖を隠しつつ美しい連れ合いに問いただしたのは、ベルタルダに別れを告げ、二人だけになって暗くなりつつある小路を抜けて宿に帰るときでした。

「ええ、そうよ」ウンディーネは答えました。「あの人はわたしに莫迦げたことを吹き込もうとしたの。でも話のなかでうっかりと、いい知らせを漏らしてしまったの。わたし嬉しくなっちゃった。いますぐにも聞きたいなら、やさしいだんな様、命令するだけでいいわ。なにもかも話します。でも、あなたが愛するウンディーネにほんとうに大きな喜びを与えてくださるおつもりなら、明後日までどうか待って。嬉しい驚きのときを分かち合いましょう」

騎士は妻のウンディーネがここまで甘い言葉で頼み事をするので、その願いを聞き入れてやることにしました。うつらうつら寝入りばなにもまだ、ウンディーネは微笑みながら独り言をつぶやいていました。
「喜ぶわ、そしてあの水守の親方の告げる言葉に驚くわよ、ベルタルダ！」

20　原文はBrunnenmeister。ドイツ語のBrunnenには「泉」「鉱泉」「湧水」「井戸」「噴水」といった水がらみの語義がたくさんあり、それに「職人の親方」を意味するMeisterがついた造語である。一般的な意味を採れば、鉱泉水や湧水の管理をつかさどる専門職人（マイスター）となるが、広場の真ん中には立派な噴水があるので、そのような人工的な噴水の調整管理を行う職種ともとれる。

21　洗礼を受けたときに、もらった聖人の祝日で、カトリックではこの日のお祝いは誕生日と同じか、それ以上の意味を持つ。中世では洗礼日（主に誕生後）に、その日にちなんだ聖人の名が与えられた。「ベルタルダ（Bertalda）」の場合、聖ベルタ（die Heilige Berta）から来ていると思われる。Bertha、またはBertaは古ドイツ語の「輝かしい」という意味の語を起源とし、聖ベルタの日は、六月四日、八月六日、十一月二十八日と複数ある。

第十一章　ベルタルダの記念日

午餐の日になり、一同はそろって宴の席につきました。ベルタルダは宝石を身にまとい、花束に囲まれ、養父母や友人たちからの贈り物を前に春の女神のようです。上座に腰をおろした彼女の横にはウンディーネとフルトブラントがいます。贅をつくした祝宴が終わりに近づきデザートが用意されると、大広間のあちこちの扉が開け放たれました。ドイツの地に伝わる古式ゆかしい慣習に従い、民衆も宴会を覗いて、貴族のお偉方の喜びをともに分かち合うためです。召使いたちが葡萄酒や菓子を見物人にも手渡していきます。

フルトブラントとベルタルダは、ウンディーネが約束した説明はまだかと、はやる思いを抑えながら心待ちにしています。二人はかたときもウンディーネから目を離しませんでした。しかし美しい妻はあいかわらず黙ったまま、一人微笑みをたやさず、心から嬉しそうです。ウンディーネの約束を知る二人は、彼女が今にもみなを喜び沸かせるような秘密を漏らしてくれるのではないかと期待していました。ところがウンディーネのほうは、言いたくてしょうがないのにあえて言わないで、後まわしにする態度をとり続けています。それは子供が大好きなお菓子を食べずに最後まで残しておくような感じでした。ベルタルダとフルトブラントは、この心弾む気分を分かち合い、新たな幸せを待ちわびながら、その幸せがウンディーネの口からいつになったらこぼれ落ちてくるのか、期待と不安の入り混じった気持ちでいました。

そのとき集まった人々のあちこちから、ウンディーネに歌を求める声が上がりました。ウンディーネにとっては願ったりかなったりのようで、すぐさま愛用のリュートを持ってこさせ、弾き語りを始めました。

朝はかくも晴れわたり、
花はかくも色あざやかに、
草はかくも匂やかに高々と
波打つ湖の岸辺を飾ります！

草の間で明るくきらめくものはなに？
白く大ぶりの花は、
空から草原に舞い降りたのかしら？
それはかわいらしい子供！
無邪気に花と戯れ、
黄金色に染まる朝の光に手を伸ばす。
どこから、どこから来たの、おまえは？
遠くの見知らぬ浜辺から
湖がここへと運んできたの。
だめよ、さわっては、いい子だから、
その小さな手でさぐるのは、おやめ。
おまえの手を握りかえす人はいないから。
花はよそよそしく、黙り込むだけ。
花は美しく飾ることを
心の喜びに香ることを心得ていても、

おまえを抱きとめてはくれない。
馴染(なじ)みの母の乳房も遠くここにはない。
かくも早く人生の門に立たされながら、
天使のような笑みを浮かべている不憫(ふびん)なおまえ、
なにものにも代えがたいものを失ったことを、
おまえはまだ知らない。
一人の高貴な大公が通りすがり、
おまえの前で馬をお止めになった。
騎士道の美徳をそなえたそのお方は、
おまえを城でお育てになった。
おまえははかりしれないほど多くを手に入れた。
おまえは咲き誇る花のように育ち、
国一番の美人となった。
だが、なんということ、なにものにも代えがたい喜びを
おまえは見知らぬ岸辺においてきてしまった。

ウンディーネは物憂げな笑みを浮かべ、リュートを置きました。ベルタルダの養父母の目には涙が溢れていました。

「おまえを見つけたあの朝もそうだった。哀れにも身寄りがなかった、かわいいベルタルダ」大公は深く感動して言いました。「あの美しい歌い手が歌った通りだ。わたしたちはおまえにまだ、なにものにも代えがたいものを与えられないでいる」

「歌はまだ終わっていません。哀れな両親の身に起こったことをぜひお聴きください」

ウンディーネはそう言うと、弦をつまびき、歌いはじめました。

部屋から部屋を慌ただしく動きまわり、
簞笥を落ちつきなく出し入れする母、
捜しものをするが、それが何かわからぬまま、嘆くばかりで、
家じゅうを空にしてもなにもみつからない。

空っぽの家！　ああ、悲しみの言葉を手向けるのは
お日様のもと、よちよち歩きの
愛しいわが児に手を貸したあの人、
夜が来れば、わが児をそっと揺すってあげたあの人。

季節はめぐり、ブナの木々が緑に色づき、
陽はまた昇り、光溢れる一日が始まっても、
母よ、捜すのはおやめ、
あなたの愛児は戻らない。

夕べの風がそよぎ
わが家の炉辺へ帰る父、
微笑むかに見えた父の目からも、
たちまち涙がとめどなく流れる。

いたるところ死の静けさに包まれた
わが家に、哀れ父は
青ざめた母のすすり泣く声のみぞ知る、
そしてあの児はもう二度と微笑み返してくれない。

「ああ、なんてこと、ウンディーネ。わたしのほんとうの両親はどこにいるの？」泣きはらしたベルタルダは声をあげました。「あなたはきっと知っているはず。だって不思議な人だから。そうでなかったらわたしの心をこんなに掻き乱しはしないわ。ひょっとしてほんとうの両親は、もうこの町にいるんじゃない？　どうなの？」

ベルタルダの目はきらびやかに着飾った人々の間を泳ぎ、養父の傍らに座っていた大公妃へと向けられ、そこに留まりました。するとウンディーネは腰をかがめ、扉のあるほうへと下がりました。その目には嬉し涙が溢れています。

「気の毒なご両親、待ち焦がれているあの二人はどこかしら？」とウンディーネが問いかけると、漁夫が妻をともない、見物客の群衆のなかからおずおずと前に進みでたのです。老夫婦の目は問い返すようにウンディーネに向けられたかと思えば、二人のほんとうの娘であるかもしれぬ美しい令嬢にも向けられました。

「あの方ですよ！」感きわまったウンディーネがそれ以上話せなくなると、老夫婦は泣き崩れ、神を讃えながら再会のかなった娘に抱きつきました。

　ところが驚きと怒りからベルタルダは抱擁の手を振りほどいたのです。誇り高いベルタルダにしてみれば、自分の輝かしい魅力にいっそうの磨きがかかり、玉座の天蓋の下、頭には王冠が載せられる。そう確信していたまさにそのとき、このようなどんでん返しの再会が演出されたことに腹の虫がおさまりません。なにもかも恋敵のウンディーネによって仕組まれ、フルトブラントと満座の面前で恥をかかせるための計略のように思われたのです。ベルタルダはウンディーネを激しくなじり、二人の老人を口汚い言葉でののしりました。

「女詐欺師に金で買われた下衆だわ！」そんな言葉が彼女の口から飛び出しました。

そのとき漁夫の老いた妻は、聞こえるか聞こえないかの小さな声で独り言を口にしました。

「ああ、なんとまあ、あの娘は根性の曲がった女になってしまったことか。でもわたしにはわかります。あの娘はわたしの産んだ子に間違いない」漁夫のほうは両手を組み合わせて静かに祈っていました。あの娘がどうか自分の娘ではないように、と。

ウンディーネはすっかり青ざめ、両親からベルタルダへ、ベルタルダから両親へ、二組の間をおろおろ行き来するばかりです。夢にまで見た天にも昇る幸せの境地から一気に、想像だにしなかった不安と恐怖の世界へと突き落とされたような気持ちでした。

「あなたには魂があるの？　ほんとうに魂があるの、ベルタルダ？」

ウンディーネは憤懣やるかたない友人に向かって、何度も必死に呼びかけました。さながら突然の狂気の発作に襲われたかのように邪悪な裏の顔を見せるベルタルダを、ウンディーネは無理やりにでも正気に戻そうと試みました。しかしベルタルダが手が付けられないほど怒りをぶちまけ続け、突き放された両親も泣き叫びはじめたものですから、集まった人々もそれぞれがあでもない、こうでもないと熱くなり、意見がさまざまに割れました。そのときウンディーネが居ずまいを正し、真剣な表情で、夫の部屋で少しばかり話す自由をもらえないものかと願いでたので、まわりにいた者みながー瞬で静まりかえりました。ウンディーネはベルタルダのいた上座に向かって、うやうやしくも堂々とした態度で近づき、人々の視線が彼女に注がれるなか、こう話したのです。

「みなさん、お見受けしたところ、敵意むき出しに取り乱しておられるようで、わたしの大切なお祝いの席を台無しにしてくれましたね。わたしはあなたがたの愚かなしきたりや融通のきかない性分について、なに一つ知りませんでしたが、おそらく一生かかってもわたしにはわからずじまいでしょう。事をちぐはぐに始めてしまったのは、わたしのせいではありません。どうか信じてください。一見そうは見えないかもしれませんが、あなたがたのせいなのです。あまり多くを語れませんが、ただ一つだけ、どうしても申し上げておかねばなりません。わたし、嘘などついておりません。こうして請け合うほかに、みなさんに証しだてはできませんし、そのつもりもありませんが、誓って申し上げます。嘘の話をでっちあげてなどいません。この話をわたしに語ったのは、ベルタルダを両親のもとから水辺へとおびき寄せ、その後大公様のお通りになる緑の野原に置いた男にほかならないのです」

「あの女は魔法使いよ」ベルタルダが叫びました。「悪霊たちと付き合っている魔女よ！　いま自分から白状したも同然よ」

「そんなことはしていないわ」とウンディーネが返します。その目には無垢で偽りない心が一点の曇りもないほどに映されていました。「わたしは魔女ではありません。よくわたしを見てください」

「嘘をついているわ、口からでまかせばかり」ベルタルダが割って入りました。「わたしがこんな下々の者の子だなんて言わせない。大公でいらっしゃるおとうさま、おかあさま、お願いですから、この集まりからわたしを救いだしてください。わたしを貶めることばかり考えているこの町からわたしを連れだしてください」

　しかし老大公はその場を離れようとはしませんでした。奥方もこう言いました。

「わたしたちは、事の真相を徹底的に調べる必要があります。それが終わらないうちは、一歩たりともこの大広間から出るつもりはありません」

　そこへ漁夫のおかみさんが近づき、大公妃の前に深々とひれ伏すや、こう話しました。

「畏れおおくも奥方さま、奥方さまは、わたしに心中を打ち明けてくださいました。奥方さまにぜひとも申し上げておかねばなりません。この行儀の悪い令嬢がわたしどもの娘ならば、この娘には、すみれの花のような痣が両肩の間にあるはずです。同じ痣が左足の甲にもあるでしょう。この娘がわたしと二人だけで、この大広間から出て調べればわかります」

「こんな農婦の前で服を脱ぐなんていやよ」ベルタルダは言い放ち、横柄な態度でおかみさんに背を向けました。

「ならば、わたしの前でならできるでしょう」大公妃は真剣な面持ちで答えました。「乙女よ、わたしについて支度部屋においで。それにおばあさんも一緒にいらしてください」

　三人は姿を消し、ほかの人々はみな固唾をのんで、沈黙したまま大広間に残りました。しばらくして女性たちはふたたび姿を見せました。ベルタルダの顔は蒼白で死人のようです。大公妃はこう言いました。

「正しいことはどこまでも正しくなければなりません。ですからわたしはこの場で宣言いたします。わたしどもを饗応してくれたウンディーネの語ったことはほんとうでした。ベルタルダは漁師の娘です。この場でお伝えできることはこれだけです」

大公夫妻は養女とともに広間を出てゆき、奥方の合図で漁夫とその妻も後に続きました。ほかの賓客たちは黙り込んだまま、あるいは小声で密かにささやきあいながら、その場を離れていきます。泣き崩れたウンディーネはフルトブラントの腕に抱きとめられました。

第十二章　騎士の一行が町を発ったこと

騎士フルトブラント・フォン・リングシュテッテンは、この日に起こったような気まずい結果を望んだわけではありませんでしたが、禍転じて福となす面もありました。魅力的な妻ウンディーネが、信心深く気立てのよい、真心のある女性だとわかったからです。

「わたしがウンディーネに魂を与えたとしたなら」彼は独り口にせずにはいられませんでした。「自分の魂よりもすばらしい魂をあげたのだろうな」

フルトブラントは啜り泣くウンディーネを宥めてから、明日にも今回の一件で嫌気がさしたにちがいないこの土地を離れようと考えていました。ただ今度のことで、みなのウンディーネを見る目がとくに変わったわけではありません。前から彼女にはちょっと不思議なところがあると思われていたので、ベルタルダの身の上の秘密を明かしたことも、それほど奇異な感じを与えずにすみました。一方ベルタルダに対しては、あの話を聞いた彼女の猛(たけ)り狂ったふるまいをその場で目撃した者なら、誰もが悪い印象をもちました。しかし騎士とその妻は周囲の反応など知りません。またウンディーネにしてみれば、世間から褒(ほ)めそやされるにせよ、後ろ指をさされるにせよ、どちらもいたたまれない思いだったでしょう。それゆえフルトブラントは、なにはさておいても、この古都の城壁[22]の外へと一刻も早く立ち去ることにしたのです。

朝を告げる陽光が射し込むと、ウンディーネを乗せる小さな馬車が宿の門に止まりました。フルトブラントと彼の従者たちの馬が、その横の石畳に待機しています。騎士が美しい妻を玄関から外へ連れだしました。するとそこへ行く手を遮るように魚売りの娘が現れたのです。

「おまえの物は買わないよ」フルトブラントが娘に向かって告げました。「これから出発するから」

すると魚売りの娘は苦しそうに啜(すす)り泣きはじめました。そこでようやく夫妻は、それがベルタルダだと気づいたのです。二人はベルタルダを伴い、いったん宿の部屋へと戻りました。ベルタルダから聞かされたのは、昨日のベルタルダの剛情で横柄な態度が大公夫妻の逆鱗(げきりん)にふれ、親子の縁を切ることになったけれども、手切れ金としてたっぷり持参金をもらった、という話でした。漁夫のおじいさんにも相応の見舞金が支払われ、昨晩おばあさんを伴いふたたび岬へと旅立ったということでした。

「わたしは一緒に行きたかったのです」ベルタルダは続けました。「でもわたしのほんとうの父であるはずのおじいさんが」

「そうよ、あの方があなたのおとうさまよ、ベルタルダ」ウンディーネが割って入ります。「いい、あの男、あなたが水守の親方と思っていたあの人がくわしく語ってくれたの。あの男はわたしを説き伏せて、わたしがあなたをリングシュテッテンのお城に連れていかないようにしたの。あの男があなたの出生の秘密を暴いたのよ」

「それなら」とベルタルダは言いました。「父が——あの方がほんとうの父であるというなら——父はこう言いました。『わたしはおまえが変わらないかぎり、家へは連れて帰らない。勇気をふるって、一人で、あの忌まわしい森を抜けてわたしたちのと

22　中世ヨーロッパの都市は、教会や広場（市場）、貴族諸侯の城郭を中心に、木組みの建物が小路沿いに入り組み、町は市門を配した城壁に取り囲まれる小世界を形成していた。現在でもドイツ各地の都市の構造には当時の面影が随所に残されている。

ころに来なさい。おまえがわたしらとうまくやってゆけるかどうかの試練となるはずだから。しかし令嬢ぶって来てはならぬ、漁夫の娘らしくして来なさい』だからこうして父の言いつけ通りにしようとしているのです。世の中から見離され、貧しい漁夫の娘として貧しい両親のもとでさびしく暮らし死のうと思います。森はもちろんとても怖いわ。おぞましい妖怪も棲んでいると言われています。ふるえだってとまりません。でもどうにもならないのです。わたしがここに参りましたのは、ただフォン・リングシュテッテン夫人にお詫び申し上げるためです。昨日のわたしの無礼な振る舞いに対するお詫びに参ったしだいです。奥方さまがわたしへのご好意からあのようなことをおっしゃったのだ、ということはわかっております。ただ奥方さまはわたしを傷つけることになるとはおわかりでなかった。わたしは不安と驚愕にかられ、あのようにひどく無神経な言葉がいくつも口をついて出てしまったのです。ああ、お許しください、お許しください！　わたしはもうこんなに不幸になりました。考えてもみてください、昨日の朝、昨日のお祝いが始まったときは幸せいっぱいだったのに、今日はこんなみじめな姿になるなんて！」

ベルタルダの言葉は痛々しい涙となってとめどなく流れていました。ウンディーネもらい泣きしながらベルタルダに抱きつきます。深い思いに動かされたウンディーネが言葉を継ぐまでしばらく間がありました。ようやくウンディーネは語りはじめました。

「あなたもわたしたちと一緒にリングシュテッテンに来るのよ。以前約束した通りで、予定は変えません。いままでのように気安く『あなた』と呼んでちょうだい。もうけっして奥方さまとか、令夫人なんて呼ばないで。いい、わたしたちは子供のときに取り違えられた仲なのよ。そのとき二人の運命は枝分かれしたけれど、心でつながっていて、人間の力では切り離せないの。まずはわたしたちと一緒にリングシュテッテンに行きましょう。わたしたちの姉妹としての運命をそこでお話ししましょう」

ベルタルダはおずおずとフルトブラントのほうを見上げました。彼は追い詰められた美しい娘が哀れに思えてなりませんでした。フルトブラントは手を差し伸べ、ベルタルダをいたわるように自分と妻を信頼してほしいと告げ、こう言いました。

「あなたのご両親にはわたしどものほうから、あなたがなぜ彼らの家に行かなかったのかをお知らせしましょう」

フルトブラントは人のよい漁夫のおじいさんやおかみさんの話をもっとしたかった

のですが、二人のことに触れると、ベルタルダがひどくつらそうな表情を浮かべるのを見て、もうこの話はやめたほうがよさそうだと判断しました。フルトブラントはベルタルダの腕をとって馬車に乗せ、ウンディーネも後に続きます。フルトブラントは馬車と並んで意気揚々と馬を進め、御者をもけしかけたので、町もたちまちのうちに遠く過ぎ去り、その地での暗い思い出を忘れさせてくれました。女性たちも前より気分よく、美しい田舎の風景を目で追いながら馬車の旅を心ゆくまで味わいました。

数日ほどかかって、一行は美しい夕暮れどきにリングシュテッテン城に着きました。若き城主には家老や家臣団の報告があいつぎ、ウンディーネとベルタルダは二人っきりになりました。二人は城砦の高い防壁の上を散策に出かけ、城のまわりに広がる恵まれたシュワーベン[23]の地のすがすがしい景色に見とれました。そこへ痩せ型ののっぽ男が近づき、二人にうやうやしく挨拶をしたのですが、ベルタルダには、男が町で見かけた水守の親方のような気がしました。それがさらにはっきりしたのは、ウンディーネがその男を苛立たしげに、いや威嚇するように、あっちへ行けと追い払ったからです。男はせかせかした足取りで首を横にふりながら、あのときと同じようにその場を離れ、近くの繁みに姿を消しました。ウンディーネはこう言いわけしました。

「ねえベルタルダ、そんなに怖がらないで。今度は、あの醜い水守の親方に悪さはさせないから」

そう言うと、ウンディーネはベルタルダになにもかも打ち明けました。自分が何者かということ。そしてベルタルダが漁夫の夫婦のもとから離され、代わりに自分がやって来たいきさつを詳しく語ったのです。なにも知らないベルタルダは、はじめ話の内容に仰天しました。友が急な狂気の発作に襲われたのではないか、と。しかし話を聞くうちに、ベルタルダもウンディーネの筋の通った一言一言が、ほんとうではないか、と思いはじめたのです。彼女の話はこれまでの出来事にぴったりあてはまるし、心の奥底で感じていた予感通りだったからです。心で感じたことは必ずわたしたちに真実を告げるものです。ベルタルダは、ふだんは話に聞くだけのおとぎ話(メールヒエン)のまっただなかにいるような妙な気分になって、怖いものでも見るようにウンディーネをじっと

23　ドイツ南部、シュヴァルツヴァルト（黒い森）地方やシュトゥットガルト周辺から東のバイエルンに及ぶ一帯。シュワーベン南部はドナウ川が西から東へ貫流する。リングシュテッテンの居城があるとされるドナウ川水源のあたりは南部シュヴァルツヴァルト地方で、標高八〇〇メートルほどの森と山に囲まれている。

見つめました。彼女と友人ウンディーネとの間を隔てるように心に割って入ってきた震え慄き(おのの)はもう止めようがありません。そのあと夕餉(ゆうげ)の食卓を囲んでいるときにも驚怖を隠せませんでした。騎士であるフルトブラントがウンディーネのような存在に惚(ほ)れ込み、やさしく接していることが解せません。さきほどの打ち明け話を聞いてからというもの、ベルタルダにはウンディーネが人というよりは妖怪に思えてきたからです。

第十三章　リングシュテッテン城での暮らし

この物語を書きとめている作者は、この物語が自分の心を強く揺さぶったため、同じようにほかの人々の心にも届いてほしいと願って書いています。そこでこれを読んでいる読者のあなたに、少しばかりお許し願いたいことがあります。この章において作者が、かなり長い月日の流れを手短に片づけ、その間に起こったことのあらましか語っていないという点を大目に見ていただきたいのです。順を追ってうまく語れるのなら、それに越したことはありません。そのことは作者もよくわかっています。フルトブラントの心がウンディーネから離れ、ベルタルダに向かいはじめたこと。若いフルトブラントに対するベルタルダの気持ちが、しだいに燃えるような愛に変わっていったこと。その二人が哀れな妻ウンディーネに気遣いを示すどころか、異様な生き物でも見るようなそぶりを示すようになったこと。ウンディーネの流した涙が騎士の心に良心の呵責を芽生えさせたものの、かつての愛情を呼び覚ますまでには至らなかったこと。ウンディーネにやさしく接することはあっても、妖気に寒気だつフルトブラントの心は、たちまちウンディーネから離れ、人の子であるベルタルダに惹かれていったこと。

書き手としては、こういったもろもろのいきさつをきちんと説明できればそれが一番ですし、またそうするのが筋だということは、わかっています。しかし、それを書こうとすれば書き手の心も深く傷つき、哀しみが身に沁みます。それというのも、書き手自身も同じようなつらい体験をし、記憶のなかではまだその影におびえているからです。読者のあなたも、たぶん似たような感情をご存じでしょう。それこそが、いずれは死にゆく人間の宿命とも言えます。あなたが痛みを与える側ではなく、痛みを感じるほうなら幸せ者です。心の痛みというものは、与えるよりは受けるほうが幸い[24]だからです。そうだとすれば、愛ゆえの痛みがふとあなたの心によみがえり、涙がそっと頬を伝い落ち、花の枯れてしまった花壇を濡らすかもしれない。以前はそこに咲きこぼれていた花をこよなく愛でたあなたの涙で。もうこのくらいでやめておきます。いつまでも針で心をさし続けるのは本意ではありません。さきほど申し上げたように、三人がどのように変わったのか、ほんの少しだけそこに話を戻しましょう。

哀れなウンディーネはすっかり塞ぎこんでしまいました。傍らの二人にもどこか割り切れない思いがあり、ベルタルダに至っては、自分の望みどおりにいかないようなことが少しでもあると、傷つけられた妻ウンディーネの嫉妬のせいだと考えるようになってしまいました。ベルタルダはもともと横柄な物腰が身についていて、そういう高飛車な態度にウンディーネは悲しい諦めで従うほかなく、またベルタルダが居丈高になれたのは、愛に目のくらんだフルトブラントの強い支えがいつもあったからです。

さらに城の人々の悩みの種となったのが、フルトブラントやベルタルダが城の回廊で目撃するようになった不気味な化け物騒動です。それまでは城に幽霊が出るなどということは噂にものぼりませんでした。ひょろりと背の高い白装束の男の幽霊を、フルトブラントは伯父のキューレボルンと思い、ベルタルダはベルタルダで、あれは前に見た幽霊じみた水守の親方ではないか、と考えていました。この男が脅かすように

24　ここは新約聖書、「使徒行伝」二十、三十五の「受けるよりは与えるほうが幸いである」の動詞を反対にしている。

しばしば二人の前に現れたのです。とりわけベルタルダの前によく現れたために、ベルタルダは恐怖のあまり病に臥せってしまうことがたびたびで、この城を離れることさえ検討されました。しかし彼女はフルトブラントが愛おしくてしかたなく、幽霊が出たからといって、自分が罰を受けるような行いをしたという心当たりはありません。なぜなら二人の間に、愛の告白めいた打ち明け話はまったくなかったからです。もう一方でベルタルダは、この城よりほかにどこへ行ったらよいのかわからなかったので、城を離れることはありませんでした。

漁夫はベルタルダがフルトブラントのもとにいるという知らせを受け、齢をとり手紙を書き馴れていないためにひどく読みづらいものとなった筆跡で、返事を送りました。内容はこうです。

「わたしはとうとう哀れな老いた寡になってしまいました。というのもわが愛妻は天に召されたからです。たった一人荒屋で過ごす身になったとはいえ、ベルタルダは、わたしの側にいるよりは、そちらで暮らすほうがよいはずです。ただ、ベルタルダがわたしのかわいいウンディーネにいじわるをはたらくようなことだけは願い下げです！　そんなことをすれば、ベルタルダはわたしの恨みを買いましょう」

最後の一文をベルタルダはさらりと読み流したものの、これは人の世の常か、当の父親が目の前にいないからこそ、その言葉はベルタルダの記憶に深く刻まれたのです。

ある日、フルトブラントが馬で出かけると、ウンディーネは家中の者を集め、大きな石を一つ用意させ、城の中庭にあった立派な井戸の口をその石できっちり塞(ふさ)ぐように命じました。使用人たちは、それでは遠くの谷にまで下りて水を運ばなくてはならなくなると異を唱えます。ウンディーネは心もとなげな笑みを浮かべ、こう答えました。

「みなさん、みなさんのご苦労が増えるのは申しわけないのですが、使う水は自分で甕(かめ)に汲(く)んで運ぶようにします。この井戸だけは、とにかく塞がなくてはなりません。わたしの言葉を信じてください。こうするしかないのです。わたしたちにはこうするしか、より大きな災いを防ぐ手立てはないのです」

使用人たちは、すすんでやさしい奥方の意向に従い、それ以上質問はせずに、巨大な石の運搬に取りかかりました。石が城の者の手で持ち上げられ、井戸の口の上にゆっくり降ろされようかというまさにそのとき、ベルタルダが走ってきて大声で命じました。

「やめてください。わたしはこの井戸から洗顔用の水を汲ませています。ここの水は肌にとてもよいのですから」

彼女は井戸を塞ぐなんて絶対に許さない、とも言いました。しかしこのときウンディーネは、いつも通りの穏やかな言葉遣いでしたが、一歩も引きませんでした。自分は主婦として家事についてはなにが最善かをじゅうぶん心得たうえで、しかるべく指図しているのであって、夫である城主は別として、ほかの誰に対してもこの件についてわざわざ釈明する必要はない、と言い張るのです。

「ほら見たことですか、みなさんご覧なさい」ベルタルダは不機嫌に、不安を隠せぬ声で叫びました。「哀れな清い水が波うち、のたうちまわっています。明るい陽の光を遮られ、水面に映る喜ばしげな人の顔をもう見られなくなるからですよ！」

じじつ井戸のなかの水は、奇怪なことに音をたて、渦を巻いていました。さながらなにかが井戸から飛び出さんばかりでしたが、ウンディーネはさらに真顔になって、命令が実行されることを迫りました。彼女が真顔になる必要もなく、城の使用人たちは喜んで穏やかな奥方ウンディーネの言うことに従い、ベルタルダのかたくなな意志をくじくことになりました。ベルタルダがいかに口汚く罵り、恫喝しようとも、またたく間に石は井戸の開口部にしっかりと据えられたのです。ウンディーネは思案顔で石に寄りかかり、美しい指で表面になにかを書きました。彼女はその際に手に鋭い彫刻刀のようなものを持っていたにちがいありません。というのも彼女が一同のいるほうに向きを変え、みながそちらへ近寄ると、奇妙な印が石の上に刻まれているのがわかったからです。それ以前にその印を見た者は誰もいませんでした。

城に帰ったフルトブラントをその晩待っていたのは、ウンディーネの仕打ちを涙ながらに嘆くベルタルダでした。フルトブラントが思い詰めたまなざしをウンディーネに向けると、不憫な妻は暗い表情で目を伏せました。しかしウンディーネはきっぱりとこう言ったのです。

「領主にしてわたしの夫であるあなたは、農奴に対してさえ、その言い分を聞く前に叱るようなことはありません。ましてや信頼を寄せる妻の話なら聞いてもらえますね」

「さあ話しなさい、おまえがどうしてそのような妙な行いに及んだのか」騎士は顔を曇らせて言いました。

「あなたと二人だけで話したいのですが」ウンディーネはため息をつきました。

「ベルタルダがいる前でだって話せるだろう」フルトブラントが返します。

「ええ、あなたがそうお命じになるのなら」ウンディーネは言いました。「でもそうお命じにならないでください。お願い、お願いですから、お命じにならないで」

ウンディーネが夫をたて、物腰もやわらかそうに見えたので、騎士の心も仲のよかった頃のように明るくなりました。フルトブラントがウンディーネをやさしく抱き寄せ部屋へ導くと、ウンディーネはこんな話を始めたのです。

「あなたは、邪悪なわたしの伯父キューレボルンのことをご存じでしょう。不愉快だったでしょうが、この城の回廊で何度も出会っていますよね。伯父はベルタルダをたびたび病気にするほど驚かしています。それは伯父に魂（こころ）というものがないからです。ただ外の世界を映しだす鏡のような霊なのです。鏡は内面を映すことなどできません。伯父は、あなたがわたしに不満を抱（いだ）いていることを折にふれ見ています。そのせいでわたしが子供っぽく泣いていると、ベルタルダが陰で笑うさまも見ている。伯父はそこに不満を感じ、いろいろな手立てで頼まれもしないのにわたしたち三人の間に割って入ってくるのです。わたしが伯父を咎（とが）めだてても、どうにもなりません。伯父を無愛想につき放せばいい、とおっしゃいますか？　伯父はわたしの言うことを聞くような男(ひと)ではありません。陰影に乏しい人生を送ってきた伯父には、まったく理解できないのです。愛の苦しみと愛の喜びがお互いにとてもよく似ていて、この二つが心のなかでは姉妹であるからこそ、いかなる力もそれを切り離すことができないことがあの男(ひと)にはわかりません。涙から笑みが生まれ、微笑(ほほえ)みが秘密の小部屋とも言うべき瞳から涙を生みだすものなのに」

　ウンディーネは涙ぐみながらも笑みをたやさず、フルトブラントのほうへ目を上げました。フルトブラントもかつて感じた愛の魔法が、心のなかによみがえってくる思いでした。ウンディーネもそれを察し、夫を抱き寄せ、喜びの涙を浮かべながら続けました。

「平和をかき乱す伯父は言葉では立ち退(の)きに応じなかったので、わたしは伯父の目の前で扉を閉めなくてはなりませんでした。伯父がわたしたちのもとにやって来る唯一の入り口があの井戸なのです。この地方に棲(す)む他の水の精たちと伯父はいさかいを起こしているので、隣の谷間に始まりドナウ流域までをも治める伯父ですが、友と呼べる何本かの支流の助けを借りて、あの井戸から出入りするしかないのです。ですから、わたしは石を井戸まで持ってこさせ、すぐかっとなる伯父のあらゆる魔力を削(そ)ぐ印を石の表面に書いて井戸を塞いだのです。伯父があなたにも、わたしにも、ベルタルダにも悪さをしないように。人間なら、あの印があってもごくふつうに力を出せば、石を取りのけることができます。あの封印は人間の邪魔はしませんから。けれどもあなたがお望みならベルタルダの要望を叶えてあげてください。ただ、ベルタルダは自分が願っていることの意味がわかっていません。性悪なキューレボルンの狙いはベルタルダなのです。あいつがわたしにほのめかしたこと、起こりかねないことが、もしほんとうになるとすれば、ああ、あなた、お願いですから悪意に解さないでくださいね、あいつの話したことがほんとうなら、あなたの身も安全ではありません！」

フルトブラントは、かわいい妻の情け深さに心の底から感動しました。なんということでしょう。彼女はあの怖るべき保護者キューレボルンをそれほどまでして遠ざけながら、ベルタルダからはそのことで難癖をつけられたのです。フルトブラントはウンディーネを強く腕に抱きしめ、感きわまってこう言いました。

「石はそのままにしておこう。すべてこのままおまえの望みどおりに。そう命じておく、わたしのかわいいウンディーネ」

ウンディーネも、長らく耳にすることのなかった愛のこもった言葉を聞いて、フルトブラントの心を擽るように、やさしく明るい声でこう言いました。

「わたしの一番大好きなあなた、あなたが今日のようにやさしくいたわってくださるので、それに甘えて一つお願いしていいかしら？　ほら、あなたはまるで夏のよう。夏の盛りの輝きのさなかに、美しい雲が雷鳴の王冠となって空にかかることがあります。雷雲は空の王にして地上の神として君臨しています。そのようにあなたもときどきわたしを叱って、口やかましく怖い目をして雷を落とすことがありますよね。その叱り方はあなたにとてもお似合い。わたしがときどき愚かにも泣きだすことがあっても。でも水の上や水に近い場所で、わたしを責めるようなことはなさらないで。いいですか、そうなると親類縁者がわたしを守ろうとします。親戚ときたら容赦なく、怒りの赴くままにあなたとわたしの仲を引き裂こうとするわ。一族の一人が傷つけられたと思ってしまうの。それでわたしは一生を水面下の水晶宮で過ごさねばならなくなってしまう。そしてもう二度と地上へは戻れなくなる。もしかしたら親族がわたしを地上のあなたのもとに送るかもしれないけれど、ああ神様、そうなったらわたしたちもっとひどいことになるわ。だめ、だめ、やさしいあなただから言うの。哀れなウンディーネをかわいがってくださるなら、そんなことにならないようにしてください」

フルトブラントは、ウンディーネの望むようにすると襟を正して約束しました。夫婦二人は心も軽くお互いの愛を確かめ、部屋から出てきました。そこへベルタルダが、呼びつけた職人たちをともなってやって来ました。ベルタルダは以前からの癖になっていた苛立(いらだ)たしげな仕草でこう言い放ちました。

「内密のお話はもうお済みになったのでしょう。石は降ろしてもらいます。さあみなの衆、井戸に行って仕事に取りかかりなさい！」

ベルタルダの無礼に憤りを覚えた騎士は、真剣な口調で釘をさしました。「石はそのままにしておく」

さらにフルトブラントは、妻ウンディーネにつらく当たるベルタルダを叱りつけましたが、これには職人たちも密(ひそ)かににやにやしながらその場を離れていきました。ベルタルダは青ざめ、職人たちとは反対の側から自室へと急ぎさがりました。

夕餉(ゆうげ)の時間が近づいてきましたが、ベルタルダは一向に現れようとしません。彼女のもとに使いが送られました。小間使いが行くとそこはもぬけの空(から)で、騎士宛てに厳封された一通の手紙を持って帰ってきました。フルトブラントは慌てて手紙を開けて読みました。

「わたしは自分がしがない漁師の娘であることを恥ずかしく思います。一時（いっとき）とはいえその事実を忘れた罪を、わたしは両親のみすぼらしい小屋で贖（あがな）いたいと存じます。あなたの美しき奥様ともども、さようなら！」

ウンディーネはすっかり塞（ふさ）ぎこんでしまいました。そしてフルトブラントに、逃げた友人を追いかけ、連れ戻すように懇願しました。ああ、ウンディーネがそこまでする必要はなかったのです。ベルタルダに寄せるフルトブラントの思いがまた激しく溢（あふ）れてきたからです。彼は城中をかけまわって、美しき逃亡者がどの方角に向かったのか見た者はいないか訊（たず）ねました。なんの手がかりも得られなかったフルトブラントは城の中庭で馬にまたがり、心に決めました。ベルタルダを城に連れてきたときの道を駆けめぐってみることにしたのです。そこへ盾持ちの若い従者がやってきて、〈黒い谷（シュヴァルツタール）〉へ通じる細道で令嬢に出会ったと証言しました。騎士は矢のように門を抜けると、教えられた方角へ馬をまっしぐらに駆りたてました。窓から呼びかけるウンディーネの心配する声にも耳を貸さずに。

「〈黒い谷（シュヴァルツタール）〉ですって？　そこへ行ってはだめ！　フルトブラント、行ってはだめよ！　行くのなら、お願いだからわたしも連れて行ってください！」

必死の叫びもむなしく、フルトブラントを見送るしかなかったウンディーネは、急いで自分の白馬を用意させるや、騎士の後を追って馬を駆りたてました。お付きの者を同行させようとはしませんでした。

第十四章　ベルタルダが騎士とともに戻ったいきさつ

〈黒い谷〉は山中奥深くにあります。どうしてそういう名前が付いたのかはわかりません。地元の人たちは、森の深い闇ゆえにそう呼んでいました。その黒さは、モミの木の高い木立によるもので、それが低い谷間まで点在していました。断崖の間を流れ落ちる小川でさえ、そのためにまっ黒に見え、碧い空の下を流れる河川のように明るくて晴れ晴れしたところはありませんでした。

そして今、夕闇迫る頃合いになると、丘に囲まれた一帯はすっかり荒涼として、薄気味悪くなってきました。騎士は不安を抱きつつも早瀬に沿って、馬を駆りたてました。出発をためらっているうちに、逃げ出したベルタルダがもっと遠くに行ってしまったのではないか、あるいは、あまりにも先を急いだせいで自分から身を隠した彼女を見過ごしてはいないか。そうこう思案するうちにフルトブラントはすでにかなり谷底深く入り込んでいました。正しい道を辿っているなら、じきにベルタルダに追いついてもいい頃です。彼女を見つけられないのではないかという予感に不安もつのり、フルトブラントの心臓の鼓動はさらに激しくなりました。自分がベルタルダを見つけられなければ、このような悪天候の夜に彼女はどうなってしまうのだろう。夜の闇はますます薄気味悪く谷間を蔽ってきています。そのときフルトブラントは、なにか白いものが山の斜面の木の枝の間から光っているのを見ました。ベルタルダの服と思ったフルトブラントはそこを目指しましたが、肝心の馬が近づこうとせず、激しく抵抗します。フルトブラントは一刻も無駄にしたくなかったので、――それに馬に乗っていては藪のなかを抜けていくのは大変です――いったん馬から降り、息遣いも荒くなった愛馬をニレの木につなぎ、そこから繁みに分け入り、慎重に斜面を登りはじめました。木の枝からは夜露の冷たい滴が額や頬に情け容赦なく降りかかってきます。遠くの雷鳴が山の彼方からつぶやきのように聞こえてきます。なにもかもが妙な雲行きで、フルトブラントはあの白装束の男に対する怖れを感じ始めました。そのときフルトブラントの位置から遠くない地面になにか横たわっているものを見つけました。彼にははっきりわかりました。それは眠っているか気を失っている若い女性で、ベルタルダが今日まとっていたような、丈の長い白い服を着ています。フルトブラントがそばに近づくと、枝がざわめき、脇にさした剣がかちゃかちゃと音をたてました。彼女は身動き一つしません。

「ベルタルダ」フルトブラントは呼びかけました。はじめは小さな声で、それからだんだん大きな声で。けれど彼女には聞こえていません。最後には声を荒(あら)らげ、大切な人の名前を叫ぶと、谷底の洞穴からぼんやりとくぐもったような木魂(こだま)が返ってきました。

「ベ　ル　タ　ル　ダ　ァ」

しかし眠っている女性は目を覚まさぬままでした。フルトブラントは彼女のほうに身をかがめました。谷が暗いことと夜の闇が濃くなってきたせいで、顔の表情まで見分けられません。悲しみで捨て鉢になったフルトブラントが地面に横たわる身体(からだ)すれすれまでさらに身をかがめると、稲光が一瞬谷間を照らし出しました。そのときフルトブラントが目の前に見たのは、醜く歪(ゆが)んだ顔でした。それがくぐもった声で叫びます。

「口づけをちょうだい、恋する羊飼いさん[25]」

驚愕(きょうがく)の悲鳴をあげてフルトブラントが跳びのくと、物の怪(もののけ)は彼の後を追いかけてきます。

「帰れ！」と物の怪は唸(うな)ります。「妖怪たちが目を覚ます。家に帰れ！　さもないとおまえさんはあたしのもの！」物の怪はその長く白い腕をフルトブラントのほうへと伸ばしてきたのです。

「キューレボルンの仕業だな」とフルトブラントは怒りの声をあげ、勇気を奮いたたせてこう言いました。

「賭けてもいい、おまえだ、おまえこそが地霊(コーボルト)だ、さあおれの接吻(キス)でもくらえ！」

猛(たけ)り狂ったフルトブラントは物の怪に向け一太刀振りおろしました。すると物の怪は霧となって消え、びしょ濡(ぬ)れになるくらいの水が飛散したので、闘っていた相手が何者か、フルトブラントに疑う余地はもうありませんでした。

「やつはわたしを脅かして、ベルタルダから遠ざけようとしている」フルトブラントは大声で自分自身に言い聞かせました。「わたしがふざけた幽霊芝居に怖気(おじけ)づくとでも思っているのか。やつに哀れな、不安にかられたベルタルダを引き渡すものか。やつは彼女に復讐(ふくしゅう)がどういうものかたっぷり味わわせてやろうという魂胆だ。だがそうは問屋が卸さないぞ、弱虫の精霊め。人間の意志の強さを、人間が本気になったらどう行動するのか思い知らせてやる。無力なぺてん師の妖怪になにがわかるものか」

フルトブラントは、自分の言葉の真実を感じていました。声に出すことで新たな勇気を心に送り込んでいたのです。運が向いてきたようにも思えました。というのも、彼はまだつないでいた馬のところに戻っていませんでしたが、このときはっきりとベルタルダのすすり泣く声が聞こえてきたのです。彼女はフルトブラントからそう遠く離れていないところで泣いているようで、ますます大きくなってゆく雷鳴と嵐の風音に重なるように泣き声も聞こえてきました。フルトブラントは足に翼をはやしたように急いで声の方角に向かい、身体を震わせる乙女を見つけました。彼女は丘を這い登ろうとしているところでした。この谷の怖ろしい闇からなんとしてでも逃れたかったのです。フルトブラントが彼女の行く手に現れ、やさしく肩を撫でさすると、今この場で生きていてよかったと、ベルタルダは運に恵まれたことを実感しました。城を抜

25　ドイツの迷信で「羊飼い（Schäfer）」は、羊の世話でひと気のない山や谷に長い時間滞在するため、霊界の存在に出会う機会が多い職業とされる。羊飼いの前によく現れるのは白い女で、魔法で山に変えられてしまった女の化身だと言われる。

け出すという決断がいかに大胆で勇気あるものであったにせよ、心のなかで愛していたひとが、この怖るべき孤独から救い出してくれ、馴染(なじ)みのお城での明るい生活が彼女に慈愛の手を差しのべてくれたのですから。ベルタルダはほとんど抗(あらが)いもせず、フルトブラントにつき従いました。彼女は憔悴(しょうすい)しきっていたので、騎士は自分の馬のところまで彼女を連れてゆくとほっとしました。馬を留めてあった綱を手早くほどくと、美しき旅人を馬に乗せ、手綱を手に、谷間の木陰をぬって慎重に馬を引いてゆくつもりでした。

しかし馬は先ほどキューーレボルンが現れたことで動顛(どうてん)し、暴れ方が尋常ではありません。脚を突っ張らせ、荒い鼻息の馬の背にまたがろうとすれば、当の騎士ですら、一苦労したことでしょう。身を震わせるばかりのベルタルダを馬に乗せるのは無理な話です。そこで二人は徒歩で帰ることにしました。フルトブラントは片方の手で馬を引き、もう一方の手でよろめくベルタルダを支えてやりました。ベルタルダもできるかぎり力をふりしぼり、この怖ろしい谷底を抜けようとしましたが、疲労が激しく身体は鉛のように重く、腰が上がりません。そのうえベルタルダは全身ぶるぶる震えていました。キューーレボルンに追い立てられた不安をどうにか抑えていたせいかもしれませんし、山の樹海を通して聞こえてくる嵐や雷鳴の轟音を前に、これからも続く恐怖に身をすくめていたせいかもしれません。

とうとうベルタルダはフルトブラントの腕からすべり落ち、苔むす地面に倒れこんでしまいました。

「あなた、わたしをここに置いていってください。わたしは自分の犯した愚かな過ちを悔い改め、疲れと不安でいずれにせよここで身を滅ぼすしかないのです」

「だめだ、かわいいおまえを見捨てるわけにはゆかぬ！」

フルトブラントは叫び、手綱を引きつつ、鼻息も荒い愛馬を落ちつかせようとしましたが、暴れ方はいっそうひどくなり、口からは泡を吹きだす始末で手に負えなくなってきました。騎士がどうにか一息ついたのは、動けなくなったベルタルダからじゅうぶん離れた場所に馬を留め、ベルタルダが暴れ馬を怖がらないようにしてからでした。フルトブラントが猛り狂う馬を連れてほんの数歩離れるだけで、たちまちベルタルダはとても心細そうにフルトブラントの名を呼びます。彼がこの怖ろしい幽谷に自分を置き去りにするのでは、と思ったのでしょうか。さてどうしたものか、フルトブラントは途方にくれました。いっそ暴れ馬を自由にして、夜どおし好きなように走らせてみたかったくらいです。そうすればフルトブラントも心配の種が一つ減ったにちがいありません。この狭い山道で、馬が鉄をうった蹄で、ベルタルダの横たわっている場所を駆け抜けて行きはしないか、と怖れていたからです。

苦渋の決断に迫られ思案に暮れていたところ、フルトブラントが胸をなでおろせたのは、石の道をゆっくりと降りてくる馬車の音が聞こえてきたからです。フルトブラントは助けを求めました。男の声でもう少し待つよう応答があり、助けると約束してくれました。しばらくすると二頭の白馬が藪のなかから輝くように現れ、それと並んで馬を引く荷馬車夫の白い仕事着、荷馬車には大きな白い亜麻布が見えました。その亜麻布は男が運ぶ品物を蔽っています。男が大声でブルル！　と叫ぶと、白馬は大人しく歩みを止めました。男は騎士に近づき、口から泡を吹いて暴れる馬を押さえる手伝いをしました。

そのとき男はこう言いました。「この獣のどこが悪いか、よくわかりまさぁ。初めてこの一帯を抜けたときにはね、あたしの馬もこんなありさまでしたね。要は、このあたりに邪悪な水の精霊が棲んでおるのですな。こんな悪さを楽しむ水の精がね。しかしあたしは魔除けの呪文を習いましたからね。もしあなた様がお許しくださすって、このあたしがそちらの馬の耳に呪文をささやけば、あたしの白馬と同じようにあなた様の馬も大人しくなりましょう」

「ぜひやってくれ、はやく助けてくれ！」せっかちな騎士は大声で命じました。

するとと男は馬の首を自分のほうへ下げさせ、一言二言耳元にささやきました。たちまち馬はお行儀よく静かになりました。ただ熱い息と湯気が、それまで大暴れしていたことを物語るだけです。フルトブラントには、なぜ馬が大人しくなったのか質問している余裕はありませんでした。騎士は男と交渉して、ベルタルダを荷車の上に乗せるのがよかろう、ということになりました。荷車には柔らかい木綿がたっぷり積んであると男は言います。そのうえベルタルダをリングシュテッテン城まで連れていってもらえることになりました。騎士が自分の馬に乗って付き添おうと言うと、男は騎士に、ベルタルダと一緒に荷車に乗るよう勧めました。騎士の馬はさきほどの大暴れで疲れ切り、主人を乗せて城まで帰れるか心もとなかったからです。そして馬は馬車の後ろに繫げばいい、と言うのです。

「山道は下りですから」男は言いました。「うちの白馬も楽になりましょう」

騎士は申し出を受け入れ、ベルタルダとともに荷車に上がり、馬は大人しく後についてきました。男は力強く、注意を払いながら馬を進めました。

闇が深まり、夜の静寂のなかで嵐がしだいに遠ざかり雷鳴も静かになると、危機を脱してほっとしたせいか、進むうちに気持ちも和み、フルトブラントとベルタルダは会話がはずむようになりました。フルトブラントは、ベルタルダの心を擽るように、駄々をこねて逃げだしたことを叱ると、ベルタルダも大人しく心から詫びを述べました。彼女の話から、さながらランプの明かりのように浮かび上がってきたことがあります。夜の秘密めいた雰囲気のなかで、ベルタルダが恋人フルトブラントに未練のあることが告げられたのです。騎士はこの告白に酔い、それがどんな事態を引き起こすか考えませんでした。彼はただただベルタルダの告白に応えてしまったのです。

そのときいきなり男が金切り声をあげました。

「ほうれ、白馬よ、脚を上げい！　白馬よ、しっかりしろ！　おまえたちの本分をよくわきまえろ！」

騎士が荷車から首を出すと、馬が白波泡立つ水のなかへと進み、もうほとんど泳いでいるのがわかりました。荷車の車輪は水に光り、水車のように音を立てて回っています。馬を御していた男も水嵩が増してくると、荷車のほうに移ってきました。

「この道はいったいどうなっているんだ。渓流の真っただなかに入っていくではないか」フルトブラントは男に問いかけました。

「いや、ちがいます、だんな様」と男は笑い返しました。「まったく逆でさぁ。渓流のほうがうちらの行く手に流れ込んできてんでさぁ。周りをご覧くださいまし。なにもかもが水浸しでしょう」

実際、谷底全体が、やおらいきり立ったかのように、水嵩をみるみる上げてくる白波に揺れ、音をたてています。

「これはキューレボルンの仕業だ。あの邪悪な水の精がわたしたちを溺(おぼ)れさせようとしている！」騎士が叫びました。

「おい、おまえ、悪霊に効く呪文は知らないのか？」

「あたしが知っているのは一つだけでさぁ」男が答えます。「あたしはそれを使えないし、使いたくもないね。だんな様が、あたしが何者かわかるまではね」

「貴様、謎々なんかしている余裕はないぞ」騎士は叫びました。「水嵩がどんどん増している。貴様が何者か、わたしの知ったことか」

「それが少々関係ありましてね」男は言います。「と申しますのも、当のあたしがキューレボルンでさぁ」

こう言うと男は笑いながら、醜く歪めた顔を荷車の騎士のほうへ向けました。荷車はもはや荷車ではなく、白馬も白馬ではありませんでした。なにもかもが白濁する波浪となって、音をたてて流れていきます。男は巨大な白波となってそそり立ち、悪あがきする駿馬を水面下に押さえつけると、ふたたび膨れあがり、泳ぐ男女の頭上に水の壁となって襲いかかり、二人を容赦なく水中に葬り去ろうとしたのです。

そこへウンディーネのやさしい声が濁流の轟音をかいくぐるように木魂してきました。月が雲間から顔を覗かせ、月とともにウンディーネの姿が峡谷の山の上に見えます。ウンディーネが流れに向かって叱りつけ、脅かすと、おどろおどろしい塔のような波濤は、なにごとかをつぶやくように消えてしまいました。渓流の水は月に照らされて静かになったのです。白い鳩のようにウンディーネは高みから水に潜って、騎士とベルタルダを摑むや、丘の上の濡れていない草地へと二人を引き揚げました。さらにウンディーネは気つけの食べ物を探してきて、失神し恐怖に震える二人を介抱しました。一息つくとウンディーネは、自ら乗ってきた白馬にベルタルダを運びあげ、こうして三人はそろってリングシュテッテン城へ生還をはたしたのです。

第十五章　ウィーンへの旅

先頃の大騒ぎから城の生活もようやく落ちつきを取り戻しました。騎士は妻ウンディーネに、ますます天使のような誠実さを認めるようになりました。ふたたびキューレボルンの魔力にさらされた〈黒い谷(シュヴァルツタール)〉に、ウンディーネが駆けつけ救ってくれたことがその証(あかし)です。ウンディーネも人の心になくてはならない安らぎを感じていました。正しい道にいると深く感じているかぎり、ウンディーネは平穏無事な生活を実感できたのです。そのうえ、かつて夫が彼女に抱(いだ)いていた愛情や尊敬の念がよみがえり、希望と喜びの光がウンディーネの心を明るく照らしました。

一方ベルタルダは感謝の言葉を口にし、大人(おとな)しく一歩身を引いていましたが、そんな態度が自分の得になるとは思っていませんでした。夫妻のどちらかがベルタルダに向かって、井戸を塞(ふさ)いでいることや〈黒い谷(シュヴァルツタール)〉での冒険について話そうとすると、ベルタルダはその話はやめてほしいと強く懇願するのでした。井戸の一件でどれほど恥をかいたか、〈黒い谷〉ではどれほど怖ろしい目に遭ったか、その気持ちを考えてほしいからです。それゆえベルタルダは、ウンディーネからもフルトブラントからも、それ以上なにも聞きたくなかったのです。それになんのために説明を受ける必要があったでしょうか。平安と喜びがリングシュテッテン城に根を下ろしているのは誰の目にも明らかでした。城の人々もそれを確信し、この土地ほど香しい花と甘い果実に溢れた素晴らしい暮らしのできる場所はない、と思っていました。

このように和気藹々の雰囲気のなかで冬が訪れ、その冬が過ぎると、春が緑の新芽と晴れ渡った空とともにやってきて、人生を楽しむ人々を見守りました。春は陽気な人々のようであり、人々も春そのものの気分でした。春の鳥、コウノトリとツバメが人々を旅へと誘ったのも不思議ではありません。ドナウ川の源流へと散策すれば、フルトブラントはこの高貴な川の素晴らしさを語って時間が経つのも忘れました。ドナウ川が川幅を広げながら景色の美しい国々を流れ行くさま、あの宝石にもたとえられるウィーンの町が河畔に輝きそびえるさま、滔々と流れ下るにつれ力強さと魅力が増していくさまを語ったのです。

「せめて一度、ドナウ川をウィーンまで下っていけたらきっと素敵なはずよ！」

ベルタルダが思わず口を挟みましたが、すぐに差し出がましいと反省し、顔を赤らめながら黙ってしまいました。これを見たウンディーネは心を動かされ、大好きなお友達を喜ばせたいという一心からこう言いました。

「旅に出るのに、なんのさしさわりがありましょう？」

ベルタルダは嬉しさのあまり跳びあがり、二人の女性はさっそく、変化に富んだ風景を楽しめるドナウ川の船旅を目の前に思い描きはじめました。フルトブラントも気持ちよく賛成しました。ただ一度だけ彼は心配そうにウンディーネの耳元にささやきました。

「しかし、またぞろキューレボルンのやつが乱暴狼藉をはたらきはしないだろうか？」

「あいつが来たければ、来ればいいのです」ウンディーネは笑いながら答えました。

「わたしがそばについていますから。わたしの目の前ではひどいことはしません」

これで一番気がかりにしていた難題に片がつき、出発の準備にとりかかりました。

一行は気持ちもあらたに、期待に胸をふくらませ船旅に出たのです。

読者のあなたなら、思った通りにはいかないのが人の世の常だ、ということを不思議には思わないでしょう。邪な魔の手が、わたしたちを破滅させようと機会をうかがい、狙いをつけた犠牲者には、夢のなかで甘い歌を歌い、黄金色に輝くおとぎ話で心を擽る。これに対し天からの救いの使者は、しばしば激しく戸口を叩いてわたしたちを驚かせるものです。

一行はドナウ川下りの最初の日々を上機嫌で過ごしていました。誇り高き大河ドナウを下るにつれ、すべてがますます素晴らしく美しくなっていきます。ところがだんだん様子が変わってきました。ふだんは風光明媚なこの流域一帯は、うららかな景色を目で見て味わう最高の喜びを一行に約束していたはずなのに、あの始末におえないキューレボルンが、これ見よがしに、ドナウ川では好き放題にふるうことのできる魔力を示しはじめたのです。ただのいたずら程度にすんでいたのは、ウンディーネがそのつど逆巻く白波や舟の進行を邪魔立てする風に向かって叱りつけていたからです。すると魔力をもった敵も、一瞬ですがひるんで言うことを聞きました。しかし静まったのもわずかの間で、また攻撃を仕掛けてはウンディーネの警告を受ける繰り返しです。少ない人数で旅立った一行の楽しい旅行気分も台無しになりました。船頭たちも耳打ちし合って、三人の乗客を不審な目で見るようになっていました。騎士の従者たちもいよいよ薄気味悪いことでも起こるのでは、と心配しはじめ、三人の主人たちの動静をうかがうような目で追いかけるようになったのです。フルトブラントは心を落ちつけ、自分に言い聞かせました。

「同じ種族の者と一緒にならず、人間と海の乙女が世にも奇妙な縁で結ばれたせいだ」

わたしたちは何事によらず、よく言い訳しがちですが、フルトブラントもたびたびこう考えました。

「ウンディーネが海の乙女であったことを知らなかった。忌々(いまいま)しいことに、行く先々でとんでもない親類どもが気紛れを起こして、邪魔ばかりする。こんな不運はわたしに罪があるからではない」

このように考えて、フルトブラントはいくらか気持ちを楽にしたのですが、災難続きにフルトブラントは不機嫌になり、ウンディーネに敵意すら抱くようになりました。そのうちウンディーネに憎しみの目を向けるようになり、ウンディーネもその目が言わんとするところをよくわかっていました。心痛とキューレボルンの悪巧みに対する闘いに疲れ果て、ウンディーネはある日の夕暮れどき、川面(かわも)をゆっくりと滑る小舟に気持ちよく揺すぶられながら深い眠りについてしまいました。

ウンディーネが目を閉じるや、舟に乗り合わせた人々全員が、横手のほうにぎょっとするほど怖ろしい人の頭を見たように思いました。その首が川の波間から浮かび上がってきます。川泳ぎする者の頭のようには見えず、垂直に、水面に飛び出た杭のようなものが、舟の進むのに合わせて浮遊しているのです。誰もが自分の驚きを誰かに伝えようとし、誰もが相手の顔に同じ驚きの表情を認めました。ところが指をさし目で追うのとは別の場所に、奇声を発し人を脅かす化け物が現れるのです。みながこぞって大声をあげています。

「ほら、あそこだ！　そっちじゃない！」

怪物たちがどれほどたくさんいるか、ようやくその場にいる全員が悟りました。舟のまわりの水面を、おぞましい物の怪がうようよ漂っているのです。それを見てあがった悲鳴にウンディーネは目を覚ましました。彼女が瞼を開けると、たちまちのうちに異形の頭の群れは姿を消しました。しかしフルトブラントは、醜い化け物のあまりの数の多さに腹の虫がおさまりません。怒りにまかせ乱暴な呪いの言葉を吐いていたかもしれません。そうならなかったのは、ウンディーネが申し訳なさそうな目つきで、小声で許しを請うたからです。

「お願いですから、あなた、わたしたちは川にいるのです。わたしに怒りをぶつけないでください」

騎士は口を噤み、腰をおろすと物思いに沈みました。ウンディーネは騎士の耳元でこう言いました。

「あなた、こんな愚かしい思いをさせられる旅はおとりやめになって、平穏無事なうちにリングシュテッテン城に帰りましょう」

しかしフルトブラントは憎しみもあらわに、こう不平を漏らしました。

「それではわたしに自分の居城に囚われ人でいろ、と言うのかい？　そして井戸が塞がれている間だけ、どうにか息がつける、とでも言うのか？　それならわたしにも覚悟があるぞ、あの忌々しい親類どもを――」

するとウンディーネが、甘えるように美しい手をフルトブラントの口にかざしました。フルトブラントは口を閉ざして自分を抑えました。前にウンディーネが語ったことを思い出したからです。

一方ベルタルダは、あれこれ考えれば考えるほど妙に気になってきました。彼女はウンディーネの出自について多くを知っていましたが、そのすべてを知っていたわけではありません。なにより、あのおぞましいキューレボルンが何者なのか、まったく謎のままですっきりしません。ベルタルダは一度としてその名前を聞いたことがなかったからです。身のまわりで起こったあれこれの奇妙な出来事を思い返しているうちに、ベルタルダは無意識のうちに黄金の首飾りを外しました。その首飾りはフルトブラントが最近行った日帰りの小旅行で、ベルタルダのために行商人から買ったものでした。彼女はそれを川すれすれに近づけ、なかば夢見心地に、夕陽の照り返す水面（みなも）にかざした首飾りの煌（きら）めく輝きに見とれていました。そのとき、いきなり大きな手が川から伸びてきて、首飾りを鷲（わし）づかみにすると川のなかへと消えていったのです。ベルタルダは大きな悲鳴をあげましたが、川の底から返ってきたのは嘲（あざけ）るような笑声でした。とうとう騎士の堪忍袋の緒が切れました。舟から身をのりだし、川の水に向かって怒声をはりあげ、騎士の親族や彼の命を脅かそうとする輩（やから）を罵（のの）しり、相手が人魚であろうが海魔（セイレーン）であろうが、騎士のきらめく剣の前に現れるよう決闘を求めました。お気に入りの宝物を奪われたベルタルダは泣きじゃくるばかりで、その涙は騎士の怒りの火にさらに油を注ぎました。

一方ウンディーネは片手を舷側から波のなかに入れ、そっと独り言をつぶやいていました。ときどき彼女の秘密めいたささやきが途切れるのは、彼女が傍らの夫に懇願の言葉をかけたからです。

「大好きなあなた、ここでわたしを叱らないでください。あなたのお好きなように叱ってくださってかまいません。ただここではわたしにお怒りを向けないで。おわかりでしょう」

するとほんとうに、怒りのあまり舌のもつれたフルトブラントの口から、ウンディーネを罵る言葉は出てきませんでした。そのときです。手を波間にひたしていたウンディーネが、美しいことこのうえない珊瑚の首飾りを川から取りだしたのです。その首飾りは見事に輝き、そのまばゆさにみなの目も眩んだほどです。

「これを受け取って」とウンディーネは言い、首飾りをベルタルダにそっと差し出しました。「これを代わりに持ってこさせたの。あなたのためよ。もう暗い顔はしないで、元気をだして」

しかし騎士がその場に割って入りました。彼はウンディーネの手から装飾品をひったくると、それをまた川にほうり投げ、怒りにまかせて叫びました。

「おまえはまだあいつらと連絡をとっているのか？　魔女らしく、あいつらのもとでおまえのひねり出す宝に囲まれて暮らせばいい！　どうか人間様の平穏を乱さないでくれ、このいかさま師が！」

驚きで目を見開いたまま、涙をとめどなく流し、哀れなウンディーネはフルトブラントを見つめました。時間がとまったように手は宙に差し出されたままです。ベルタルダに素敵な贈り物を手渡そうとしたまま凍りついていたのです。一瞬の間があってウンディーネは泣き崩れました。いわれのない罪を着せられ、痛めつけられた子供のように。ウンディーネは力なく言葉に出すのがやっとでした。

「あなた、ああ、さようなら！　あの者たちがなに一つ、あなたに手を出せないようにしましょう。でもわたしを裏切らないでください。あの者たちの手からあなたを守るためにも。ああ、でもわたしは行かねばなりません。結婚して間もない若い身でありながら、あなたとはもう一生のお別れです。ああ、ああ、あなた、なんてことをなさったのです。ああ、ああ！」

舟の縁(へり)からウンディーネは向こう側へと姿を消しました。ウンディーネが川に飛び込んだのか川に流されたのか、そのどちらのようにも見え、またどちらでもないようでした。誰にもほんとうのところはわかりません。いずれにせよウンディーネはドナウ川の彼方に消えていったのです。さざ波だけが舟のまわりで、すすり泣くような幽かな音をたてていました。まるでウンディーネがこう語っているようでした。

「ああ、ああ、裏切らないで！　ああ！」

フルトブラントは舟の甲板に横たわり、男泣きに泣きました。やがて前後不覚の深い眠りに陥った不幸な男は、忘却のヴェールにやさしく包みこまれていきました。

第十六章　フルトブラントのその後

哀(かな)しみというものがそう長続きはしないことを、残念ながら、と言うべきか、幸いに、と言ってよいのか悩ましいところです。ここでいう哀しみとは、人生という深い深い井戸から汲(く)みだされる哀しみのことです。恋人を失ったと想像してください。哀しむ心が恋人と一つになるとき恋人は失われたことにはなりません。哀しみは最愛の人の姿を大切に胸にしまい、神聖な記憶のなかに生き続けようとします。[26] 愛する人と同じようにわたしたちが死を迎える日が来るまで。

たしかに、そのような神聖な記憶を胸に僧侶のような生活を続けられる善良な人々もいるでしょう。しかしそれは最初に感じた本物の深い哀しみではありません。ほかの目新しいものに心が移れば、わたしたちは心の痛みにおいても、この世のはかなさ、うつろいやすさを経験します。そういうわけでわたしはこう言わざるをえないのです。

「残念ながら、わたしたちの哀しみはそう長続きはしない」と。

フォン・リングシュテッテン氏の身にも同じようなことが起こりました。それが彼にとって幸運となったかどうかは、物語の続きを聞けばわかるでしょう。初めのうちこそフルトブラントは、不憫(ふびん)な、心やさしいウンディーネと同じように咽(むせ)び泣いていました。すべてことを丸くおさめようと願って、川から引きあげたあの光り輝く装飾品をフルトブラントが彼女の手から取り上げたとき、咽び泣いたウンディーネのように。フルトブラントもウンディーネがそうしたように、手を前にそっと差しのべると、彼女と同じようにまた新たな涙を流すのでした。フルトブラントは涙にくれて、自分も水となって流れてしまえばいいとひそかに思いつめていました。読者のなかにも、苦しみが大きいほど痛みが快く感じられて、似たような思いが頭をよぎったことがある方はいないでしょうか？

26　この箇所は女性名詞である「哀しみ（Trauer）」を擬人化した表現になっており、わかりにくい。原文では「恋人」は男性名詞になっており、愛する者を失う「哀しみ」は、女性の立場から描かれているが、後からわかるように、これは一般論である。「哀しみ」を女性に擬人化して説明するのは、男性視点からの表現とも解釈できる。

ベルタルダももらい泣きにくれ、二人は長いことリングシュテッテン城で寄り添いながらひっそりと暮らしていました。ウンディーネの思い出にひたり、前に二人が惹かれあっていたことなどすっかり忘れるほどでした。ウンディーネがフルトブラントの夢に現れることもしばしばありました。フルトブラントをやさしく撫でさすり、黙ったまま姿を消してゆくのです。目覚めると頬が涙で濡れているのですが、それがウンディーネの涙なのか自分の涙なのか、本人にもよくわかりませんでした。

夢のなかのウンディーネは時が経つにつれ、めったに現れなくなり、騎士の心痛も和らいでいきました。あの老漁夫が思いもよらず城に姿を現すことがなければ、そしてベルタルダをわが子として無理やりに連れ戻そうと本気になることがなければ、しんみりとウンディーネを思い続け、彼女のことを話すだけがフルトブラントの生きがいになったでしょう。

ウンディーネの失踪は漁夫の耳にも入り、ベルタルダが城内で寡になった男性と暮らしていることが、老人にはどうしても許しておけなかったのです。

「うちの娘がわたしのことを好いているかいないかなど、どうでもいいのです」

漁夫はこう話を切りだしました。

「ただ品行方正であるということが大事なのであって、品行方正であればなにも文句を言いやしません」

漁夫のこのような信念を聞かされ、ベルタルダが出発してからの寂しくなる城内を思い、城内のいたるところから迫りくる孤独感に苛まれた騎士は、とっくにほとぼりのさめていた思い、ウンディーネを失った心痛のために忘れかけていた思いを抱くようになりました。それは美しいベルタルダに寄せる思いでした。そこで漁夫にその思いを打ち明けたのです。

結婚話を持ち出された漁夫には、賛成しかねる理由がいろいろありました。ウンディーネは漁夫にとってとてもかわいい存在でした。漁夫に言わせれば、失踪したウンディーネがほんとうに死んだのか誰も確かめていない。それにウンディーネの遺体が冷たくドナウの川底に眠っているにせよ、川に流され大洋へ連れて行かれたにせよ、その死の責任の一端はベルタルダにもあり、そのベルタルダが、哀れにも追い出された格好のウンディーネのいた妻の座におさまるのは、よろしくない。

とはいえ漁夫は騎士のことをとても好いていました。多くの面で以前よりやさしく聞き分けのいい子になっていた娘ベルタルダのたっての願いもあり、またベルタルダがウンディーネのことで流す涙を見るにつけ、漁夫も最後には折れて認めずにはいられなかったのでしょう。そのため漁夫はとくに異も唱えず、城に留まりました。その後、ウンディーネとフルトブラントのかつての幸せな日々を祝福したハイルマン神父を騎士の二度目の結婚式に呼ぶための急使が送られました。

敬虔な神父はフルトブラントの手紙を読み終えるや、とるものもとりあえず、城へ向けて旅立ちました。使いが神父のもとにやってくるのにかかった時間よりも短い時間で向かったのです。急ぎ足で歩いたために息が切れそうになろうと、疲労のあまりふしぶしが痛くなろうと、そのたびに神父は自分自身に言い聞かせました。

「今ならまだ不義を食い止めることができるかもしれない。目的地に着くまで倒れるわけにはいかぬ。老骨にむちを打っても進むのだ!」

こう言い聞かせて力を振り絞り、先へ先へと休みもとらず歩を進めたすえ、ある晩遅く、ハイルマン神父は葉の生い茂るリングシュテッテン城の中庭にたどりつきました。

花嫁花婿の二人は木立の下で手に手をとって座り、漁夫は二人の傍らで思いつめたように佇んでいます。ハイルマン神父の姿を認めるや、みな立ち上がり、神父を歓迎するために駆け寄りました。ところが神父は多くを語らず、花婿を城砦のなかへ連れていこうとしました。花婿のフルトブラントは驚き、神父の真剣な目配せに従うことをためらったので、敬虔なハイルマン神父はこう言いました。

「フルトブラント、あなたとうちうちの話をするのに、ぐずぐずしてはおられません。これから申し上げることは、ベルタルダにも漁夫にも関わりのあることです。いずれ耳に入れておかなくてはならない話は、できるだけ早く、すぐにでも聞いてもらったほうがいい。フルトブラント、あなたの最初の奥様がほんとうにお亡くなりになったと、あなたは確信なさっていますか？　わたしにはそう思えないのです。わたしはあのウンディーネにどのような事情があったか、詮索したいとは思いませんし、なに一つはっきりしたことは存じません。しかし彼女は敬虔で誠実な妻でした。それだけは疑いの余地はありません。そしてこの一週間、毎晩ウンディーネがわたしの夢枕に立って、不安げに華奢な両の手をよじりあわせるのです。ある夢のなかでは、さらにため息をつきながらこう言うのです。『ああ、神父様、彼を止めてください！　わたしはまだ生きています！　ああ、あの人の命を救ってあげてください！　あの人の魂を！』わたしは夢のなかのウンディーネがなにを言おうとしているのかわかりませんでした。そこへあなたからの急使がやって来た。わたしが今ここに急いで参ったのは、結婚式をあげるためではなく、一緒になってはいけない者同士を別れさせるためです。ベルタルダはあきらめなさい、フルトブラント！　彼をあきらめなさい、ベルタルダ！　彼はまだウンディーネの夫なのです。あなたには彼の青ざめた頬に浮かぶ妻を失った心痛が見えませんか。あんな表情の花婿は見たことがありません。彼の精神（こころ）がわたしに告げるのです。『彼の好きにさせてはいけない、そうしたらあなたは一生後悔する』」

三人は心の奥底で、ハイルマン神父が真実を告げていると感じました。しかしそれを信じたくもありませんでした。漁夫ですらすっかり丸め込まれて、このところ三人で何度も議論を重ねた結婚という選択肢しかありえない、と思うようになっていました。そのため三人が三人とも、血相を変え、聖職者の警告に対して異を唱えたのです。とうとう神父は愛想をつかし、首を横に振りながら、哀しい思いで城を去って行きました。せめてこの一晩だけでも城に泊まっていくように勧められても、用意させた飲み物に口をつけることもなく、立ち去ったのです。

フルトブラントは、あの神父は考え過ぎの人だから、と自らに言い聞かせ、朝陽が昇ると近くの修道院の司祭に使いをやりました。この司祭は断ることなく、近日中に祝福の儀式を執り行うと約束してくれたのです。

第十七章　騎士の夢

　夜明けどき、騎士は半ば目覚め半ば眠りながら床（とこ）のなかにいました。寝入ろうとすると怖（おそ）ろしいものが迫ってくるようで、眠りのなかにまで幽霊が現れ、自分が追いまわされるような感じがしたのです。無理に目を覚まそうとすると、騎士のまわりを風が漂い、白鳥の羽根でなでられ、波の音で心を擽（くすぐ）られるように感じ、そのため心地よく魔法でもかけられたかのように、夢とも現（うつつ）ともつかない状態へと、引き戻されてしまうのでした。

　そんなフルトブラントも、ようやく深い眠りにつけたようでした。それというのも、白鳥の羽ばたく音に惹（ひ）きつけられるうちに、騎士は陸や湖を越えて運ばれ、たえず白鳥の歌うこのうえなく美しい声が聞こえてくるように感じたからです。

「白鳥の音、白鳥の歌！」騎士は自分に言い聞かせていました。

「これは死を意味しているのだろうか[27]」

しかし、もう一つ別の意味もあったのでしょう。というのも突然、騎士は地中海の上空を飛んでいるように感じたからです。一羽の白鳥が耳元で、ここは地中海だと歌っています。フルトブラントがはるか下を流れる川を見下ろすと、川は透き通った水晶に変じ、水底まで見通せるほどでした。彼が嬉しかったのは、明るい水晶の円蓋の下に座っているウンディーネが見えたからです。ただ彼女は泣きじゃくっていて、幸せだった頃に比べかなり塞ぎ込んでいるように見えました。リングシュテッテン城で一緒に暮らしていた初めの頃、それと後の時期でいえば、あの不幸なドナウ川下りに出かける直前のウンディーネは幸せでした。騎士は目にしているのがどういうことか、一つ一つを心のなかで考えてみずにはいられませんでした。ウンディーネのほうは彼に気づいているようには見えません。そのうちキューレボルンがウンディーネに近づき、泣きじゃくる彼女を叱りつけようとしました。するとウンディーネは気をと

27　白鳥はその死に際して、美しい鳴き声を発する、という故事は、イソップやアイスキュロス、プラトン、キケローらの著作にも言及されている。ここから転じて、詩人の生前最後の作品を「白鳥の歌」と呼ぶようにもなった。

り直し、キューレボルンを毅然とした有無を言わせぬまなざしで見つめたので、キューレボルンのほうがひるんだほどです。

「こうして水のなかで暮らしていても」ウンディーネは言いました。「わたしは自分の魂も水のなかに持ってきました。だからこそわたしは涙を流してもかまわない。たとえあなたがこんなふうに流した涙の意味をわからなくても。この涙は幸せの涙。真心が息づいている者にとって、なにもかもが幸せの種であるように」

キューレボルンは信じられないといった表情で首を横に振り、しばらく考えこんでからこう言いました。

「だがな、姪っ子よ、おまえはわたしたち精霊界の掟にしばられた身。おまえはあいつを裁いて命を奪わねばならぬのだ。あいつが再婚し、おまえを裏切るようなことになればな」

「あの方は、いまこのときも寡のままです」ウンディーネは返しました。「心で泣きながら、わたしを愛しています」

「だがやつは花婿でもある」キューレボルンは嘲るように笑います。「まあ数日も経てば、司祭が結婚を祝福しにやって来る。そうなればおまえは二婦にまみえた男に死を与えるために陸地(おか)に上がらざるをえなくなろう」

「それはできません」とウンディーネは微笑(ほほえ)み返しました。「井戸をしっかりと塞いでおきました。わたしや同類の者が上がれないように」

「だが、あいつが城を出たらどうなる」キューレボルンは言います。「あるいは、あいつが井戸をふたたび開けさせたらどうなる！　というのもあの男は、今ここで話していることにこれっぽっちも思い及ぶまい」

「まさにそうだから」ウンディーネは言いかけると、涙目のまま笑みをもらしました。「まさにそうだからこそ、いまあの人は霊となって地中海の上空を漂い、わたしたちがいま交わしている会話を警告として夢に視ているのです。あの方が夢を見るように、よく考えた末にわたしが手を打ちました」

するとキューレボルンは、忌々(いまいま)しげに上空の騎士に凄(すご)んでみせ、地団太(じだんだ)を踏むや、矢のように波濤(はとう)のなかへと身を躍らせました。そのさまは、怒りに身を膨らませ巨大な鯨に変身したかのようです。白鳥たちはまた鳴き声をあげ、羽根をはばたかせて飛びたって行きました。騎士は白鳥とともに上空を漂い、アルプスを越え、川をさかのぼり、最後にリングシュテッテン城に舞い降り、気がつけば寝床で目を覚ましていました。

じじつフルトブラントは寝床で目覚めたのです。ちょうどそのとき従者の若者が部屋に入ってきて、ハイルマン神父がまだこの地に留まっていることを告げました。若者は昨夜、森のなかで神父に出会ったのですが、神父は木の枝を積み上げた小屋で雨露をしのぎ、床の代わりに苔や柴を地面に敷いていたというのです。ここでなにをなさっているのですか、と若者が訊ねると、祝福を与えるためではない、と答えたそうです。

「婚礼の祭壇以外にもわたしの務めねばならぬ儀式はある。結婚式のために来たのでなければ、それは別の儀式のためかもしれぬ。まあ待つしかない。言っておくが、祝いと弔いはそうかけはなれたことではない。自分をごまかし、見て見ないふりをしなければ、よくわかるはずだ」

騎士は、神父のこの言葉と自分の視た夢を思い合わせ、戸惑いました。しかし人が一度かたく心に決めたことを、思いとどまらせるのは難しいものです。こうして万事が手はず通りに進められることになりました。

第十八章　騎士フルトブラントの結婚式

読者のみなさんに、リングシュテッテン城で執り行われた婚礼の儀をお伝えするとなれば、みなさんは、光り輝く宝飾品や縁起のよい贈り物がたくさん山積みされている光景を思い描くかもしれません。ところが目にするのがこうだったら、いかがでしょう。黒地の喪のヴェールが輝きを隠すように上にかけられ、その覆いの下から豪華な品々が垣間(かいま)見えるさまは、結婚の喜びに沸くというより、この世のありとあらゆる喜びも意味がない、と蔑(さげす)む感じに近いものがありました。幽霊が現れて祝いの席に水を差したわけではありません。というのもご存じのように、城は水の精霊たちの脅威からは守られていたからです。とはいえ、騎士や漁夫、客人たちには、祝いの席に肝心要(かんじんかなめ)の人物がいないように思えました。その主役こそみなに愛されていた心やさしいウンディーネにほかなりません。扉が開くたびに、みなの視線は思わずそこへ向けられました。それが新しい皿を用意しにきた執事や高価な葡萄酒を注ぎにきた給仕であることがわかると、みなの目はまた元に戻って、持て余したようにただ前を見つめるばかりでした。ときどき冗談や笑い声が飛び交って、火花が散るようにその場が華やぐ瞬間もありましたが、すぐに哀しい思い出にかき消されてしまうのでした。満座を見渡しても花嫁だけが一番心も軽く、それゆえにまたもっとも満ち足りた表情をしていましたが、そのベルタルダでさえ、自分が緑の冠をかぶり金の刺繍をほどこされた晴着に身をつつみ、宴席の上座に座っているのが、ときどき場違いに思えたほどです。ウンディーネがドナウ川の水底で冷たく骸となっているか、川に流され海の藻屑と消えたかもしれないのに、なぜここにいるのかと。ベルタルダの父である漁夫が同じようなことを口にしてから、その言葉が彼女の耳を離れず、ことに今日はその言葉が切実に迫ってくるようでした。

　夜になると、たちまち集まった客人たちは姿を消してしまいました。ふつうの結婚披露宴なら、花婿が早く帰ってくれないかとしびれを切らしてお開きになるものですが、その場のもやもやと重苦しい空気に押しつぶされるように、人々は三々五々去ってゆきました。喜びのない沈鬱な雰囲気に嫌気がさし、不吉な予感を胸に抱いて。べルタルダは侍女たちを、騎士は召使いをともない、着替えのために席を外しましたが、若い乙女と独身の若者が花嫁と花婿に同道するひやかし半分の楽しい儀式も、このような辛気臭い宴席では、進んでやろうと言い出す者がいません。

ベルタルダは気分を明るく盛り上げようとしました。彼女はフルトブラントから贈られた豪華な宝飾品を、たくさんの衣装やヴェールともども目の前に広げさせ、そのなかから明日着る礼服で最も美しく、一番気分を明るくするものを選ぼうとしました。ベルタルダの侍女たちは、若い奥方の前で楽しい話に花を咲かせるいい機会だと喜びました。新婦となったベルタルダの美貌を口をきわめて褒めそやすことも忘れませんでした。みながベルタルダの顔に見とれていくうちに、ベルタルダが鏡に見入りながらふとため息をもらしました。

「ああ、みんなわかるかしら、こんなところにそばかすができているわ。首のわきのあたりに」

侍女たちが見ると、たしかに美しい奥方の言った通り、そばかすがあります。侍女たちは口々に、それは愛らしい黒子のようなもの、ほんの小さなしみであって、むしろ柔肌の白さを際立たせる、と言いましたが、ベルタルダは首を振って、疵というのは疵のままよ、と相手にしません。

「できれば、これを消したいの」とベルタルダは最後にため息をつきました。「でも城の井戸は塞がれているし。あそこからいつも貴重な、肌をきれいにする水を汲んでいたのよ。せめて今日、一瓶分でもあの水があればいいのだけれど！」

「それだけでいいのですか？」気の利いた侍女の一人が笑って言い、そっと部屋から出て行きました。

「あの侍女、どうかしてしまったんじゃないでしょうね」ベルタルダは、嬉しい驚きを隠さずに訊ねました。「今晩中に井戸の石をどかすなんて？」

すでに男たちが中庭を横切る足音が聞こえます。窓から中庭を覗くと、あの如才ない侍女が男たちをまさにあの井戸に案内しているところで、男たちは梃やら道具類を肩に担いでいました。

「わたしが望んでいた通りになったわね」ベルタルダからは笑みがこぼれました。「あまり時間がかからなければいいけれど」

自分が指図さえすれば、前にはひどく抵抗を受けたことも今ではできる。そう思うとベルタルダは気分も晴れやかになり、月に照らされた城の中庭で進む作業をずっと見守っていました。

男たちは四苦八苦の末に大きな石を持ち上げました。とはいえ、ため息を大きくついて、自分たちは今ここで、みなから愛された前の奥方のなさったことをぶち壊しにしている、と主張する者もいました。しかし作業は思いのほかすんなりと進みました。まるで井戸のなかから、不思議な力が石を持ち上げる手助けをしているようです。

「いやはや」雇い人夫たちは驚きを隠さず口々に言いました。「なかの水が噴水になりそうな勢いだ」

徐々に石は持ち上がっていきました。人夫たちがほとんど力を出すことなく、石はゆっくりと転がり、鈍い音をたてて石畳の上に落ちました。すると井戸のなかから、白い水柱のようなものが威勢よく噴きあがりました。はじめはみな、これは本物の噴水だ、と思ったのですが、やがて噴きあがる水の形が、白いヴェールを頭からかぶった青ざめた女の姿だとわかりました。その女がむせび泣きながら、懇願するように両の手を頭の上に上げ、ゆっくりとした重たい足取りで城の本館のほうへと向かってゆきます。

城の奉公人たちは井戸から散り散りになって逃げました。青くなって立ちすくみ、驚愕で身動きもとれなかったのは、侍女たちとともに窓辺で見守っていた花嫁でした。女は部屋のすぐ下にまで近づいてくると、訴えかけるようにベルタルダのほうを見上げたのです。ベルタルダはヴェールの陰にウンディーネの青ざめた表情を見たように思いました。しかし嘆き訴えるその女は、重い足取りで引き立てられるように、おそるおそる、さながら絞首台に上るようにこちらへやって来ます。ベルタルダは悲鳴をあげ、騎士を呼ぶように命じました。しかし侍女の誰一人としてその場を動く者はいません。花嫁も自分のあげた悲鳴に身が震え、ふたたび黙り込んでしまいました。

みながこわごわ窓辺に石像のように身じろぎもせずに立ちすくんでいると、妖しげな女は城に入ってきました。勝手を知った階段を上り、勝手を知った広間を抜け、静かに涙を流しながら進みます。ああ、かつてここを歩きまわっていた頃の彼女はこんな姿ではありませんでした！

騎士は召使いたちに席を外させていました。服を脱ぎかけたまま、陰鬱な思いに沈み、大きな鏡の前に立ちました。騎士の傍らでろうそくの暗い炎があがっています。

そのとき戸を叩く音が——戸を指で軽く、かすかに叩く音が——聞こえました。かつてウンディーネが、心安くフルトブラントにおふざけをしかけようとするとき、そんなふうに叩いていました。

「幻にすぎない！」フルトブラントは独り言を言いました。「婚礼の寝床に入らなければ」

「そうあなたは寝床に入らねばなりません、ただ冷たい死の床ですが！」

　部屋の外でそう言ってすすり泣く声を、フルトブラントは耳にしました。それから彼が鏡に目を向けると、戸がゆっくり、ゆっくり開けられるのが見え、あの白いヴェールの女が入ってくると、背後の錠を静かに閉めました。

「井戸をお開けになりましたね」彼女は小さい声で言いました。「だからわたしは今ここにいるのです。今あなたは死ななければなりません」

　心臓の鼓動もとぎれそうになったフルトブラントは、これはもう疑う余地はないと感じ、両手で目をおおい、女に語りかけました。

「今際（いまわ）のきわに、わたしを驚かせて狂わせないでくれ！　おまえがそのヴェールの下におぞましい顔を隠しているならヴェールを上げないでくれ。顔を見せずにわたしを裁いてくれ」

「ああ」と女は応じました。

「あなたはわたしを一度も見ないおつもりですか？　あなたがあの岬でわたしに求婚したときと同じように美しいのに」

「ああ、それがほんとうなら！」とフルトブラントはため息をついて、こう言いました。

「おまえの口づけを受けて死ぬことが許されるなら」

「喜んで、あなた」そうウンディーネは返しました。

女がヴェールを後ろに投げやると、至上の美しさをたたえて微笑む、やさしいウンディーネの顔容が現れました。溢れる愛情と迫りくる死にうち震えながら、騎士は彼女のほうに身を傾けます。彼女はこのうえなく甘美な、天使の口づけで彼の唇をおおい、彼を放そうとしませんでした。彼女は心を込めて彼を引き寄せ、泣き続けました。まるで泣くことによって彼女の魂を手放すかのように。その涙は騎士の目に注がれ、そして甘い痛みとなって騎士の胸を貫き、彼はついに息絶えました。フルトブラントは骸となって美しい腕からあおむけにそっと離れ、頭を枕に沈めました。

「あの方を涙で殺めてしまいました!」

彼女は控えの間で出会った召使いたちにそう告げると、驚き立ちすくむ人々の真ん中を抜け、ゆっくりとした足取りで井戸のほうへと向かいました。

第十九章　騎士フルトブラントの埋葬

ハイルマン神父が城に向かったのは、フォン・リングシュテッテン氏の死がこの地の人々に知れわたるのとほぼ時を同じくしてのことでした。神父が到着したちょうどそのとき、不幸な新郎新婦に祝福を与えた司祭が、恐怖と驚愕(きょうがく)を抑えきれずに城門から逃げ出してきました。

「やはりそうだったか」事件のあらましを伝えられたハイルマン神父は、こう応じました。「ここからはわたしの仕事だ。付き添いは要らぬ」

神父は手始めに、未亡人となった花嫁に慰めの言葉をかけましたが、動揺しきっているベルタルダにはなんの効き目もありません。

これに対し漁夫は暗澹(あんたん)たる思いでしたが、娘と義理の息子を襲った悲運を甘んじて受け入れました。ベルタルダがウンディーネを、殺人鬼、魔女と罵(のの)しるばかりだったのに、漁夫は落ちついてこう言ったのです。

「こうなるしかなかったのかもしれぬ。このたびのことこそ神様のお裁きにほかなるまい。騎士殿の死がつらかったのは、おまえよりも、彼に死を宣告しなければならなかった、捨てられた可哀想なウンディーネのほうではないか！」

漁夫は、騎士としての身分にふさわしい葬儀の準備を手伝いました。フルトブラントは教会のある村に葬られることになりましたが、そこの墓地にはフルトブラントの先祖代々の墓が並んでいます。フルトブラントの先祖も、また彼じしんも、おおくの特権を与え金品を寄進し、この村を大事にしていました。

盾と兜(かぶと)が棺(ひつぎ)の上に置かれ、フルトブラントとともに埋葬されました。というのもフルトブラント・フォン・リングシュテッテン氏は一族の最後の一人で、跡を継ぐ者がいなかったからです。葬儀の参列者が沈痛な面持ちで哀悼の歌を雲一つなく澄みわたった青空に向かって歌いながら、歩きはじめました。大きな十字架を携(たずさ)えたハイルマン神父を行列の先頭に、希望を失ったベルタルダが老父に支えられ続きます。

すると突然、未亡人につき従っていた喪服の泣き女たちの真ん中に、雪のように白い姿が現れました。ヴェールで顔を隠し、心の底から嘆き悲しみ、両手を天に向けて上げています。その横にいた者たちがどことなく薄気味悪さを覚え、その白い姿を避けるか脇に退くような動きをすれば、それによって今度はほかの者たちのそばに白い見知らぬ女が近づくことになり、それがさらに不安を煽り、やがて葬列が乱れはじめました。その女に話しかけ、列から出るように言ったのは物怖じしない兵士たちでした。兵士たちの目から逃れるように、その女は消えましたが、すぐにまたゆっくりと、粛々とした足取りで、棺とともに進む姿が見えました。

とうとうその女は、侍女たちが避け続けたために、ベルタルダのすぐ後ろまで来ました。すると女は歩みを緩め、未亡人のベルタルダに気づかれぬよう、誰にも邪魔されず、彼女の背後をかしずくように静かに歩いて行くのでした。

そのまま一行は教会の墓地に到着し、葬列は地中に開けられた墓所を囲むように輪になりました。そのときベルタルダは招かざる同行の女に気づきました。なかば怒りなかば驚き、勢いにまかせその女に騎士の安息の場から立ち去るように命じました。ヴェールをかぶった女は、それをやんわりと首を振って拒みながら、懇願するように両の手をベルタルダに向けて差し出しました。その仕草にベルタルダは胸をつかれました。涙ながらに思い起こさざるをえなかったからです。それはウンディーネがドナウ川で、気をきかせて珊瑚の首飾りをベルタルダに贈ろうとしたときの、あの手の動きと同じだったのです。

そのときハイルマン神父が静粛を求め、亡骸に黙禱して祈りを捧げるように言いました。棺には土がかけられ、山と積まれます。ベルタルダは黙禱し、ひざまずき、みなもそれにならいました。土をかけおえた墓掘り人たちもひざまずきます。一同が立ち上がると白装束の見知らぬ女は姿を消していました。その女がひざまずいていた場所の下草からは銀色に輝く湧水が溢れ、音をたてて流れています。その流れはみるみる広がり、騎士の眠る墓丘をほとんどとり囲むようです。水はさらに流れ続け、墓地の横に静かに佇む沼へと注ぎ込みました。

後の世になっても村人たちは、この泉源を指して、これはあの哀れな捨てられたウンディーネだ、と信じていたそうです。ウンディーネがこうして、いつまでもそのやさしい腕で、大好きだった騎士を抱きしめているのだ、と。

解説

識名章喜(しきなあきよし)

一　フケー男爵の生涯

貴族の家系に生まれて

フリードリヒ・ハインリヒ・カール・ド・ラ・モットゥ・フケー(Friedrich Heinrich Karl de la Motte Fouqué)は一七七七年二月十二日、ベルリンから西南へ七〇キロほど離れたハーフェル河畔の町ブランデンブルクで生まれた。先祖は十三世紀まで家系を遡(さかのぼ)れるノルマンディー地方の貴族で、フケー家は早い時期にプロテスタントに改宗したユグノーだった。信教の自由を許容したナントの勅令が一六八五年、ルイ十四世によって廃止され、ユグノー貴族だったフケー家はフランス国外に逃れ、やがて北ドイツの地に根を下ろすようになった。祖父はあのフリードリヒ大王時代のプロイセン軍の将軍をつとめた人物であり、勇猛果敢で知られ、大王とは友人の間柄でもあった。祖父の死後、孫となるフケーのために大王自ら名付け親になったほど、フケー家はプロイセン王家と深い関係を持っていた。

フケーの父ハインリヒ・アウグスト・カールも軍人であり、母親マリー・ルイーゼの実家シュレーゲル家も軍人を輩出している。フケーが生まれて間もなく父親は、祖父の貯めた資金でポツダム宮に隣接したザクロー（Sacrow）に所領を得た。この地には古くからの修道院があり、ラテン語のsacrum「聖なる場所」にちなんだ地名と言われ、ハーフェル川流域の湖沼地帯でもある。『水の精（ウンディーネ）』の舞台となる湖の原風景の一つと言えるかもしれない。

ザクローには王家の人々がたびたび訪れ、少年フケーも皇太子とともに遊んで幼少期を過ごした。王家に対するフケーの終生変わらぬ忠誠心の原点はこの幼少期にある。父親が落馬事故で軍を早くに退役していたせいだろうか、十七歳の少年フケーはハレでの法律の勉強も放り出して、一刻も早く軍務につこうと希望する。一七九四年、プロイセン軍のヴァイマル大公胸甲騎兵連隊旗手として入隊を果たし、対仏戦争のライン遠征に加わるのである。

作家アルノ・シュミットがその浩瀚（こうかん）なフケー伝のなかで初めて指摘したことだが、

翌年従軍からの帰途、北ドイツの小都市ミンデンで知り合ったプロイセン軍務局長の娘、十五歳の少女エリーザベト・フォン・ブライテンバオホがウンディーネのモデルである。フケーが晩年にまとめた『フケー男爵人生録』（以下『人生録』）は自伝なのだが、全体は主に三人称で書かれている。ところがエリーザベトとの出会いの箇所は、思い余って一人称になっているのだ。

「十八の軍人の目の前に、高貴の出の、やさしく蕾もほころびはじめたばかりの乙女が、緑の木陰にたたずむ姿が焼きついた。知的教養もそなえ、上品で、その立ち居振る舞いは自然で、わざとらしいところは一つもない。とびぬけた美人とは言い難いが、言葉にできないやさしい心が、可愛い姿形から溢れでていて、これほどまでに魅力的な人はいないと思ったほどである。わたしの魂は、かすかに、心の底からの慄きを感じていた。わたしの人生にとってなにか忘れがたい存在のように見えたのである」

舞踏会では「妖精のように軽やかに」踊る「エロイーザ」（フケーは『人生録』のなかで彼女をそう呼んでいる。フランス中世の愛の書簡集『アベラールとエロイース』の「エロイース」を思わせる名付け方だ）にほのかな恋心を抱いたようだが、初恋がそういうものであるように、若い者同士のちょっとした意思疎通の行き違いから、フケーは彼女から遠ざかってしまう。

一七九八年一月。二十一歳のフケーのもとに父の死の知らせが届いた。母を早くに亡くしていた一人息子のフケーは天涯孤独になった。軍務以外を知らないフケーにいまさら、残された所領の管理運営ができるはずもない。九月、駐屯先のブュッケブルク(現在はニーダーザクセン州)で、指揮官の娘、十五歳のマリアンネ・フォン・シューベルトと結婚する。フォン・シューベルト家も軍人貴族の家柄だった。マリアンネは、想いの残るミンデンの「エロイーザ」を忘れさせてくれる女性だったようだ。『人生録』では、名前には触れず次のように回想している。ここはまた三人称に戻っている点も注意されたい。

「この新しい関係は、ますます好ましく、固い結びつきへと変わり、歳月を経て婚姻の運びとなった。幸せで、満ち足りた結婚生活がフケーにとっていつまでも続いていたなら、彼の短気で青二才の性情が、早くに与えられた結婚という天からの祝福を、すみずみまで大事にしていたら。ただ若者は目先のことしか考えなかった。そのためこの結婚は数年で破局を迎えることになった。責任はひとえにフケーにあった。なにか不満があったわけではない。夫婦双方の側で思い詰めた結果、ちょっとした心のわだかまりができた」

二十一歳と十五歳、未熟な者同士の結婚である。文学の世界に目覚めかけていたフケーの趣味嗜好を、軍人の家庭に育ったマリアンネは十分理解できなかったようだ。軍人貴族を文学の道へと導いた一人が、フケーより十歳年長の初期ロマン派の理論家A・W・シュレーゲル（兄）である。彼からは詩の韻律法や外国文学の知識、翻訳のコツについて学んだが、この頃知り合ったのが二歳年長で、三人の子持ちの未亡人カロリーネ・フォン・ロホーだった。彼女はネンハウゼン（ベルリンから真西へ七〇キロほどの距離）の貴族フォン・ブリースト家の娘で、文学好きで知られ、フケーとうまが合ったのだろう。フケーは妻マリアンネに離婚を告げ、カロリーネのもとに走り、一八〇三年一月に、ネンハウゼンで再婚する。この離婚再婚劇を、ウンディーネとベルタルダの間を揺れ動くフルトブラントの姿に重ね合わせてみたくもなるが、それはさておき、マリアンネとの別れには後日譚がある。

フケーがよくよく過去の女性に未練があったからなのか、それとも当時の貴族社会がかなり狭い人間関係で成り立っていたからなのか、運命のいたずらのような再会劇が起こる。マリアンネは一八〇五年に、アンハルト＝ケーテン侯の侍医カール・フォン・マーダイと再婚するのだが、このカールは、フケーの母の妹の息子、フケーと同年の従弟（いとこ）にあたる。だからこそフケーは『人生録』に「後年は兄妹のような友情が結ばれ、謙虚に過去を悔い、かのやさしい女性に心からのお詫びができた」と書いている。じじつ、フケーは後年ハレ在住のマリアンネと対面し（一八一三年）、さらにこのマリアンネを介して、同じくハレに住んでいた初恋の人エリーザベト・フォン・ヴィッツレーベンとも再会を果たすのである（一八二六年）。二人の女性との巡り合いは『水の精（ウンディーネ）』執筆後の話である。彼女たちは『水の精（ウンディーネ）』をどう読んだのだろうか。

　さてカロリーネとの再婚で、妻の実家の所領ネンハウゼンとベルリンの両方で暮らすようになってから、フケーの創作活動は活発化する。社交上手で美貌のカロリーネが、サロンの中心となって、軍人のみならず、多くの詩人や作家がフケーの家に出入りした。カロリーネは「背が高く、美しい肢体で、精力的かつ表情豊か、顔立ちはベルヴェデーレのアポロ像に似ていた」（文人外交官ファルンハーゲン・フォン・エンゼ）という。中背にも達せず、お世辞にも美形とは言えないフケーと並ぶと、さながら蚤（のみ）の夫婦、不釣り合いなカップルに映ったことだろう。どうして二人が一緒になったのか、という疑問に対して、アルノ・シュミットは、カロリーネが結婚の年の九月に生まれる娘のマリー・ルイーゼを身ごもっていた点を挙げている。今でいう出来ちゃった婚である。名門貴族の未亡人が、誰の子ともわからない出産はできなかった、というのだ。カロリーネは創作にも手を染めていたが、E・T・A・ホフマンに言わせれば、「書いたものを印刷させるよりは、主婦でいたほうがずっとまし」という程度の才能だった。その後の結婚生活でフケーは、支配欲の強いカロリーネの言いなりになっていたという証言もある。カロリーネはどこか『水の精（ウンディーネ）』のベルタルダを思わせる女性だったのかもしれない。

流行作家としての栄光と晩年の不遇

文学修業中のフケーにとって大きな衝撃は、一八〇六年、ナポレオン軍を前にプロイセン軍がイェーナとアウエルシュテットの二つの戦闘で敗北し、翌〇七年、東プロイセンまで攻め込まれた末にティルジットの和約によって、領土の半分以上を失うに至ったことである。すでに軍を退いていたフケーであるが、ここは筆で闘おうとしたのだろうか、北欧の英雄伝説に取材した劇の執筆にとりかかる。『大蛇退治のジーグルト』『ジーグルトの復讐』『アスラウガ』の『北方の英雄』三部作である。これは一八一〇年に出版され、軍人の間で好評を得たが、後に作曲家のワーグナーにも影響を与え、楽劇『ニーベルングの指環』の素材の一つになった。

フケーは、フランス軍の進駐したドイツにおいて反ナポレオンの気運が高まり、ついに国民主義の萌芽を見る一八一〇年から一五年にかけて、矢継ぎ早に作品を発表し、しかも幅広い読者から熱烈に支持された。ハイネが言うように「公爵夫人から洗濯女にいたるまで、同じように喜んで読まれ、貸本屋の太陽として輝いて」いたのである。世界文学となる『水の精』(一八一一年)もこの時期に出版された。さらに一八一三年のナポレオン戦争末期には、義勇軍の猟騎兵部隊を率いて各地を転戦し、兵士を鼓舞し、ドイツ魂を高らかに謳う勇ましい詩歌もたくさん残している。

フケーの人となりについては多くの同時代の証言がある。小柄で猪首だったため、ちょっと見には猫背のように映ったというが、まじめで誠実、まがったことが嫌いなぶれない性格だった。

ナポレオンが歴史の舞台から退場し、ウィーン会議後の王政復古によりビーダーマイアーと呼ばれる安定期に入ると、フケーの人気に陰りが見えはじめる。一八一八年には卒中の発作に襲われ左半身が麻痺する大病を患った。それでも創作意欲は衰えず、

W・ヘンゼルが1818年頃に描いたフケーの肖像画を、後年、フリードリヒ・フライシュマンが銅版画にしたもの。

der Fleischmannsche Kupferstich bin ich, und ich
bin der Fleischmannsche Kupferstich, so sehr sich eine
Identität dieser Art nur irgend denken lassen
will.

LaMotte Fouqué.

フケーの自筆書簡の一部（1827年6月9日付、友人宛て）。フライシュマンによる銅版画の出来に満足し、「まさに自分そのもの」と褒めている。

大量の剣豪騎士小説を書き続けるが、フケーの貴族讃歌や騎士道好みは人々に背を向けられ、時代遅れのドン・キホーテ作家とみなされるようになってしまう。

詩人や作家にとって、長生きは必ずしも円熟や幸福には結びつかない。ゲーテのように崇拝者に囲まれ、畢生(ひっせい)の大作(『ファウスト』第二部)を完成させて幕を閉じる人は少ない。フケーの六十五年の生涯も今から見れば短いかもしれないが、当時の基準では長生きの部類に入るだろう。

晩年のフケー、二番目の妻カロリーネを一八三一年に亡くしてからのフケーの人生は、騎士フルトブラントの最期よりも痛ましい。カロリーネの遺言はフケーに厳しいものだった。彼女の実家であるネンハウゼンのフォン・ブリースト家から遺産や領地の相続権は与えられず、月四十ターラーの小遣い銭(ゲーテの枢密顧問官としての年収が三千百ターラーと言われる)が支払われ、再婚しないことを条件にネンハウゼンでの生活が保障された。

にもかかわらずフケーはカロリーネの死から二年も経たない一八三三年に、二十九歳も年下のアルベルティーネ・トーデと三度目の結婚に踏みきる。アルベルティーネはフランス語に堪能という触れ込みで、母を亡くし、行き遅れた娘マリー・ルイーゼの話し相手としてフケー家に雇われた女性だったから、親族からの反対は大きかった。貴族としての名誉にこだわって、時代遅れになっても貴族受けする騎士小説を書き続けたフケーが、よりによって平民出の若い女と再婚するから、人生とはわからないものである。

結婚後、フケーはしかたなく長年暮らしたハーフェル河畔の地を離れ、ライプツィヒ近郊のハレで暮らすようになった。ハレには最初の妻マリアンネと結婚した従弟の医師カール・フォン・マーダイが暮らしていたからである。ハレの大学で私講師として文学・歴史講義を始めたフケーのもとに、一八三八年の十月末頃から怪しげなフランス人が出入りするようになった。スペイン系の貴族出と偽ってフケーに取り入ったのが当時二十一歳のシャルル・フルネルである。この男はフケー夫人のアルベルティーネと愛人関係になった。愛人が寝室や化粧室にまで出入りしていたのに、夫のフケーは妻から「飲んだくれの豚野郎」とまで口汚く罵られ、許可が出るまで寝室に入れてもらえなかったという。晩年のフケーはアルコール依存症になったようで、「毎日葡萄酒二瓶、マデイラ酒数杯、バイエルン産ビールを三、四本空け、一日中仕事部屋で執筆していた」。これは、フルネルをフランスのスパイと疑って監視していたハレの市当局の一八三九年八月の記録によるものだ。この時期フルネルはプロイセンからの退去を命ぜられるが、アルベルティーネ夫人に献呈したフランス語の処女詩集まで出版している。さらにこの年の十月には、長男カール・フリードリヒ・ヴィルヘルムが生まれている。フケーは長男の誕生を喜び、自分のミドルネームからカールと名付け、同じくフリードリヒの名も与えているが、フケーは六十二歳。四十歳のときに卒中で倒れてから杖を手放せず、あまつさえ酒浸りだったフケーに子作りの能力があったかどうか。フルネルの素性やハレ市の記録を調べたアルノ・シュミットは、長男カールがフケーの子ではないのでは、という疑いをあえて書いていない。資料を提供してくれたフケー家の子孫を慮(おもんぱか)ってと思われる。

フケーの幼少期の遊び友達だったフリードリヒ・ヴィルヘルム三世が勇退し、一八四〇年、即位したフリードリヒ・ヴィルヘルム四世は、フケーの小説の大ファンだった。王は赤貧(せきひん)に甘んじ、ほとんど世間から忘れ去られていたフケーを翌年ベルリンに呼び戻し、軍人恩給の額も上げ、文学を講じさせた。

二番目の妻からも、三番目の妻からも冷たくあしらわれたフケーの、晩年の心の拠り所は、八歳年下のヘッセン゠ホンブルク公国のマリアンネ公女(フリードリヒ・ヴィルヘルム三世の末弟と結婚）だった。マリアンネもフケーの大ファンで、終生後ろ盾となって財政的な支援をしていたようである。またフケーも、高貴な既婚女性に中世の騎士たちが捧げた愛（これを「ミンネ」と呼ぶ）で応え、ことあるごとに手紙で近況を知らせたり、詩を贈ったりしていた。ベルリンに住んでいた晩年のフケーはマリアンネのもとをたびたび訪れている。

公女の日記によれば、一八四三年一月二十一日もフケーはマリアンネに会いに来た。外出の予定があった公女だが、せっかく来訪したフケーの話を聞くことになった。「階段の上り下りがきっとたいへんだろう」と心配するが、国王からのクリスマス給金へのお礼や、とりとめのない老人同士の昔話に花を咲かせたようである。これから一コマ詩文学講義に行く、という老フケーに、彼女はもうやめたらどうかと忠告もしている。マリアンネはこうも書いている。「誰ももうフケーのことなど考えてもいない」。そしてこれがフケーのパトロンであり、彼の宮廷愛の対象だったマリアンネ公女が見たフケーの最後の姿となった。

おそらくその日の晩、晩年の習慣となっていたカフェーハウスでの夕食（自宅では食事できなかったのであろうか）で、酒をしこたま飲んだようだ。日をまたいだ真夜中に家の階段で気を失って倒れているところを身重のアルベルティーネ夫人に発見されたのである。もう呂律（ろれつ）もまわらず、ただ手で十字を切り、祈る仕草を繰り返すだけとなった。

倒れた翌朝、一月二十三日、元プロイセン軍少佐、ヨハネ騎士団騎士、フリードリヒ・ハインリヒ・カール・ド・ラ・モットゥ・フケー男爵は息をひきとった。その一週間後、二男のフリードリヒ・ヴィルヘルム・ヴァルデマルが生まれた。ベルリンのフケー家にも例のフランス人フルネルはあいかわらず出入りしていたという。現在も続くフケー家はこの二男の末裔（まつえい）である。

二　『水の精（ウンディーネ）』成立の事情

本書『水の精（ウンディーネ）』の執筆は一八〇九年初頭とされ、初版は二年後の、一八一一年、フケーの編集する「四季――ロマン派詩文学の季刊誌」春号に掲載された。「『死の同盟』の著者による」としてフケーの名は用いなかった。作者名を伏せた理由の一つには、前述のように、現実の女性たちをめぐる個人的な思いがあったためだろうか。この雑誌はE・T・A・ホフマンの知人でもあったJ・E・ヒッツィヒが出版元である。ホフマン同様プロイセンの法務官吏だったヒッツィヒは、ナポレオン軍の進駐で職を失うと、ベルリンで出版業を始めたのである。

『水の精（ウンディーネ）』の題材については、作者のフケー自身が多くを語っている。初期バロックを代表するヤーコプ・ベーメの神秘思想に傾倒していたフケーは、ベーメも影響を受けたルネサンス期の錬金術師パラツェルズスの著作『水の精、風の精、矮人（ピグミー）、火蛇、その他諸々の妖精に関する書』（以下『妖精の書』）に言及されていた四大精霊の話に着想を得た。ラテン語で「波」を意味するundaから、ドイツ語になった形が「ウンディーネ（Undine）」である。パラツェルズスは「水の精」を次のように説明している。

「さて、四大精霊は人間であるが、獣と同様魂を持たない。それは結婚をし、たとえば海女がアダムの裔の一人の男を選んで彼と家政をともにし、子を産むということになるが、この子らについては、生れてきた者は夫の方に似ていることを知るがいい。父親がアダムの裔の男であるがゆえに、子には魂が注ぎ込まれ、魂と永遠を具えたまともな人間になるのである。さらに知るべきは、これらの女たちも結婚した後では魂を身に宿し、他の女たち同様、神の手で神によって救済されるのである。……そのため彼女らは人間をしきりに慕い、熱烈に人間を求め、忍び寄ることになる。……けれども全部がわれわれと結婚できるわけではない。水妖精が筆頭であるが、それは、彼女らがわれわれのいちばん身近にいるからである」（種村季弘訳による）

フケーが基本構想に据えたのは、水の精と一緒になった人間が不実を働くと、死をもって復讐される、パラツェルズスの『妖精の書』に紹介されていた「シュタウフェンベルクの水の精の話」である。シュタウフェンベルクの町に美しい水の精が現れ、狙いをつけていた男を待ち受け、その美貌で首尾よく一緒になる。だが男は他の人間の女に気移りし、水の精を悪魔と思うようになった。冷たくあしらわれた水の精は、誓いを破った男の婚礼の当日、天井裏を抜け、男の前に現れ太腿を見せて誘惑した。すると男はその三日後に亡くなった。

このパラツェルズスの逸話は中世のエゲノルフ・フォン・シュタウフェンベルクの詩に由来するものといわれている。それはフケーの依拠したパラツェルズスの話とは細部が微妙に異なるものの、大筋は変わらない。シュヴァルツヴァルトに住む騎士シュタウフェンベルクが城砦の下で美女に出会う。彼女は騎士を若い頃から慕(した)っていた。彼女は騎士が結婚しないことを条件に秘めた愛を育む。騎士は王様の姪との縁組を断る。驚いた王様に海の妖精との秘密の約束を明かしてしまい、聖職者に悪魔との契約だと厳しく咎められた末、海の妖精との約束を破って王の勧める結婚に踏みきる。海の妖精は騎士に死を宣告し、結婚式の大広間の屋根裏から象牙のような美しい足を見せる。その三日後に騎士は死を迎える。妻は修道院に入って亡き夫の魂の平安を祈る。この原型はさまざまな形で再話され、たとえばフケーと同じロマン派の詩人アヒム・フォン・アルニムも有名な民謡集『少年の魔法の角笛』(一八〇六～〇八年)に物語詩「騎士ペーター・フォン・シュタウフェンベルクと海の妖精」を収めている。

フケーは元の話の、水の精が太腿(足)を曝すいささか下品でエロティックな暗示の含まれる結末を、ウンディーネの死の接吻へとロマンティックに変えたうえで、フルトブラントを死に追いやらねばならぬ宿命とそれでもフルトブラントへの愛を貫くウンディーネの心の葛藤を感動的に描ききっている。この点が『水の精』が時代を超えた世界文学として愛されるゆえんでもあろう。

E・A・ポーは、一八三九年の批評で、この作品を優れた「寓話」と捉え、「構想の高邁、仕上げの精妙」を称揚し、「あらゆる部分に注意がゆきとどいていて、調子外れなもの、場外れなものは、何一つない」と書いている。「魂を持たぬウンディーネほどに神々しいものが——また魂を備えた人妻への彼女の変化ほどに厳かなものがどこにあろう！」と作品の勘所を的確に指摘している。ポーはこの入念な仕上げの裏に「何らかの密かな個人的な意図が働いていた」（以上、佐伯彰一訳による）と推測しているが、これは炯眼（けいがん）と言うべきだ。

先に述べたように、やさしく天真爛漫なウンディーネは、十八歳の頃のフケーの初恋の相手だったエリーザベト・フォン・ブライテンバオホの面影をとどめたものである。ウンディーネを裏切り、ベルタルダに惹かれてゆくフルトブラントは、最初の妻マリアンネを捨て、高飛車だが魅力的なカロリーネ・フォン・ロホーへと走って再婚したフケー自身を重ね合わせているとも読める。不実と悔恨の記憶が風化してゆくことと闘うのが『水の精（ウンディーネ）』の語り手の使命なのだろうか。第十三章「リングシュテッテン城での暮らし」の冒頭、いきなり語り手が読者に感極まって語りかける箇所がある。「書き手の心も深く傷」ついた「同じようなつらい体験」にはなにが隠されているのだろう。

主人公フルトブラント・フォン・リングシュテッテン（Huldbrand von Ringstetten）という名前にも仕掛けがある。フケー家の名の一部、ラ・モットゥ（la Motte）には

「小高い丘」という意味があるのだが、小説の最後、小川となったウンディーネが騎士の墓丘を環(わ)で囲むように流れる場面では「小高い丘」がイメージされており、まさにリングシュテッテンの名前通り「環（Ring）」の「墓所（Stätte）」を含意している。「フルトブラント」という名も、「愛、忠誠（Huld）」が「燃え尽きる（Brand）」物語の行方を暗示している。フルトブラントはフケー自身という私小説的な読みはけっして間違っていない。幻想的な作品ながら自伝的な思いを込めた作品として、フケーの『若きウェルテルの悩み』が『水の精(ウンディーネ)』にほかならない。

ハイネは『水の精(ウンディーネ)』が「すばらしく愛らしい詩」であり、「この詩はそれ自身が一つの接吻(キス)である。詩歌の守護霊がまどろむ春に口づけし、春は頬笑(ほほえ)みながら目を開くや、薔薇が一斉に香り、小夜啼鳥(ナイチンゲール)が声をそろえて鳴く。薔薇が香り、小夜啼鳥が歌ったものに、わが卓越せるフケーは言葉の衣をまとわせ、それを『ウンディーネ』と名付けたのだ」と絶賛してやまない。

フケーが晩年、六十三歳のときに執筆した『人生録』のなかに次のような箇所がある。

「そう、ウンディーネ、神が呼び覚ましたわが詩心の愛の花、謎めいた霧の間で、不安げな雷雲のしたで、おまえはやさしく敬虔に花を咲かせた。おまえという花のうてなには、憧れ求める憂いの涙がこぼれている」。ウンディーネのモデルと目（もく）される初恋の人エリーザベトは、フケーが三度目の結婚をする前年、一八三二年にその五十二年の生涯を閉じた。この死の知らせはフケーを落胆させたという。晩年の述懐が、ハイネの批評文のように作品に向けられたものではなく、エリーザベトに向けられたものとすれば、それはそれで切ない。

三　『水の精（ウンディーネ）』の受容史

『水の精（ウンディーネ）』の魅力は、すでにフケーが時代遅れになり、文名が衰えた頃にも色褪（いろあ）せなかった。ハイネは評論『ドイツ・ロマン派』（一八三三年）のなかで、次のようなエピソードを書き記している。

「わたしはハルツ地方の小さな町で、とびきり美しい少女に出会ったが、彼女はうっとりするほどに感動した面持ちでフケーについて語り、顔を赤らめながら打ち明けてくれた。ただの一度でも『水の精（ウンディーネ）』の著者にキスすることができれば、一年ぐらい命が縮まってもかまわない、と。——そしてこの少女は、わたしがこれまでに見たうちで最も美しい唇をしていた」。ハイネのこの文章をフケーはどういう気持ちで読んだだろうか。すでに若いアルベルティーネと三度目の結婚をしていた時期にあたるが、フケーは『水の精(ウンディーネ)』一作でもてたのである。

だが『水の精(ウンディーネ)』に誰よりも素早く反応したのはE・T・A・ホフマンである。ホフマンは初版の読後すぐに、出版元で友人のヒッツィヒに仲介を頼み、フケーにオペラ用の台本を書き下ろしてもらうよう書簡を送っている。音楽家としてまだ海のものとも山のものともつかないホフマンのために、フケーは一八一二年の夏には台本を書きはじめていた。フケーは義理堅いというか、頼まれたことを断れない人だったにちがいない。ホフマンのオペラは無事に完成し、一八一六年八月三日、ベルリンのシャウシュピールハウスで国王臨席のもと初演された。舞台装飾は建築家のシンケルが担当した。合唱が効果的に場面を盛り上げ、木管楽器が旋律を巧みに支えるドイツのメールヒェン・オペラという新しいジャンルの確立を告げる作品となった。なかでも「朝はかくも晴れやかに、花は咲き乱れ」で始まる第二幕のウンディーネのアリア(第十一章)はホフマンお気に入りの聴かせどころだった。

フケーはその後もう一度『水の精』の台本を書いたが、これはホフマン以上に忘れ去られた作曲家クリスティアン・フリードリヒ・ヨハン・ギルシュナーのオペラのためで、この作品は一八三六年に同じくベルリンで初演された。

原作を世に広め、結末を明るいものに変えたのは、フケーの死後、アルベルト・ロルツィングが作曲した四幕物のオペラ『ウンディーネ』(一八四五年)である。フルトブラントはフーゴ・フォン・リングシュテッテンと名前が変わり、盾持ちのファイトと地下室管理人のハンスのコミカルな役を加え、誓いを破って水に沈んだフーゴは、水底の王国でキューレボルンを前に不実を詫び、ウンディーネと結ばれる、という大団円で終わる。フケー台本では悪魔的なキューレボルンも、ロルツィングではユーモラスな面を持つ役柄になっている。十九世紀後半から二十世紀前半まで、『ウンディーネ』のオペラと言えば、このロルツィングの作品が代名詞となった。これは劇場が王立劇場から国民劇場へと脱皮し、市民階級の聴衆受けする陽気な音楽を求めはじめたこととも関係しよう。

人間の魂を求める水の精が、尾鰭を持つ人魚に姿形を変えたのが、デンマークの作家ハンス・クリスティアン・アンデルセンの創作童話『人魚姫』(一八三七年)である。

下半身が魚という海の乙女の表象のほうが、絵画や映画といった視覚的なメディアに向いているのか、二十世紀に入ると、異類の魂の救済というモティーフは人魚姫を通してディズニー映画にまで継承されている。アンデルセンの場合、下半身の尾鰭を人間の足に変えるために自らの声を失う、という設定が示すように、代償を払うのは人魚であって、あまつさえ彼女が難破船から救った美しい王子は、口のきけない人魚から真相を説明してもらえぬまま、勘違いして他の娘と結婚してしまう。王子を殺した血で、尾鰭を持つ姿に戻り海に帰れ、という親族の命令に反して、人魚姫は海に身を投じて泡となって消えてしまう。男の不実が死をもって罰せられる、というウンディーネ伝説は表には現れないが、空気の精となった人魚がいつの日か試練を経て人間の魂を得られる、という見通しで童話らしい救いの結末が用意されている。

女を裏切った男が死をもってあがなう主題をまったく別の形で文学的に蘇らせたのは、劇作家のゲルハルト・ハウプトマンの五幕物ドイツ・メールヒェン劇『沈鐘』（一八九六年）で、この作はハウプトマンの生前に最もよく上演された作品の一つである。フケーの原作と共通するところの多い作品だが、男の女への裏切りというテーマが、不義の関係を前提に始まっていて、激しい恋愛感情が焦点化されている点は世紀末の作品らしい。

本来のウンディーネ伝説はフランスのジャン・ジロドゥが一九三九年に書いた三幕物の劇『オンディーヌ』で復活する。ジロドゥはフケーのように、魂を得たウンディーネの変容を描かず、水の精のまま自然の子として描いている。そのため彼女のふるまいが人間の宮廷社会を驚かせ、主人公の騎士ハンスの心をベルタになびかせてしまうのだが、ジロドゥの場合はオンディーヌが夫の裏切りをかばい、自らも不義を働いたと見せかけて姿を消す点が印象的だ。

二十世紀には先ごろ亡くなった現代作曲家のハンス・ヴェルナー・ヘンツェ（一九二六〜二〇一二年）の三幕物のバレエ曲『ウンディーネ』（一九五七年）がある（ロンドンのロイヤル・オペラで初演）。これはフケーの原作を自由に改変したもので、第十五章「ウィーンへの旅」の船上での首飾りをめぐるエピソードを中心に据えた改作である。

また、一時右記の作曲家ヘンツェと付き合っていた作家のインゲボルク・バッハマンは、短篇集『三十歳』（一九六一年）の「ウンディーネが行く」で、時間の永遠性と同化した「濃密な透明さ」をたたえた水が、人間社会とそれを支配する男たちの身勝手さを、怨嗟（えんさ）をこめて罵り続ける一風変わった短篇を書いている。人間たちを一括りにして「ハンス」という呼び名（ドイツ系の典型的に平凡な名前）を用い、男一般を代表させている。ウンディーネ像がフェミニズム批評の対象になるきっかけを与えた作品と言えようか。

フケーの『水の精（ウンディーネ）』と日本文学との関わりにも触れておきたい。素材となった西洋の伝説でもどこかエロティックな匂いを漂わせていた水＝女という表象を通して幻想を演出した作家といえば、泉鏡花であろう。鏡花は先に紹介したハウプトマンの『沈鐘』を独文学者登張竹風（とばりちくふう）の協力で訳している（一九〇八年）。もっとも鏡花がフケーの『水の精（ウンディーネ）』に直接言及したことはない。

雨や川、池、泉、沼、海といった水辺の風景や水神（水蛇）伝説、水死体の女を好んで描く泉鏡花の世界とフケーを結びつけたのは、ドイツ文学者で批評家として活躍した川村二郎である。彼は、評論集『白山の水　鏡花をめぐる』（二〇〇〇年、のち講談社文芸文庫）において、水の「人間に働きかける不気味な親和力」を表現する豊富な文学上の事例を示しながら、フケーの『水の精（ウンディーネ）』に代表されるドイツ・ロマン派と鏡花の類縁性と差異を的確に指摘している。

また、本作品を翻訳している劇作家の岸田理生は（英訳版からの重訳、アーサー・

ラッカムの挿絵を使用、一九八〇年)、自らの短篇「水妖記」(一九八八年、のち角川ホラー文庫)において、水=女の官能性を際立たせた独自のフケー受容を試みている。この作品では水がらみの幻覚と妄想がないまぜとなって展開していくが、暴風雨の夜の場面や氾濫する水の描写などフケーのアイデアの片鱗がうかがえる。

ホラー小説好きの読者ならば、フケーの本作品から井上雅彦監修『水妖　異形コレクションV』(一九九八年、広済堂文庫)を思い出すかもしれない。岩波文庫の『水妖記』の訳題によって定着した「水妖」という言葉が、いかに作家の想像力を刺激し続けているかがよくわかる。

フケーの『水の精(ウンディーネ)』の魅力は、このようにさまざまなジャンルの作品に変奏され、現代にまで及んでいる。愛する者を殺さねばならぬ定めに葛藤する、人間の魂を得たウンディーネの苦悩は、二人の女性の間を右往左往する男の弱さを浮き彫りにする。一方で可憐なウンディーネが魂を得る過程でみせるいくつもの表情も、永遠の少女像として文学史に刻まれ、現代の読者をいまだ惹きつけてやまないのである。

*

訳の底本としたのはフケーが好評につき自費出版した第二版である。これはフケー編の「四季――ロマン派詩文学の季刊誌」春号に掲載された初版をそのまま再版したもので、二版では「献辞」が加えられ、初版では匿名のままだった著者名が「フケー」になった。

フケーの校訂版全集なるものはいまだ存在しないが、翻訳にあたっては以下の諸版を参考にした。

1) Friedrich de la Motte Fouqué: Romantische Erzählungen. Nach den Erstdrucken mit Anmerkungen, Zeittafel, Bibliographie und einem Nachwort herausgegeben von Gerhard Schulz. München: Winkler 1977.

2) Friedrich de la Motte Fouqué: Ritter und Geister. Romantische Erzählungen. Herausgegeben und mit einem Nachwort von Günter de Bruyn. Berlin (DDR): Buchverlag Der Morgen 1980.

3) Friedrich de la Motte Fouqué: Sämtliche Romane und Novellenbücher. Herausgegeben von Wolfgang Möhrig. Band 2: Der Todesbund/ Undine. Hildesheim-Zürich-New York:

Georg Olms 1992.

最後に挙げたのが現在刊行中のフケーの著作集の一期目、すでに完結した長篇・短篇小説全集の一冊である。八〇年代後半からオルムス社の企画で出版が始まり、生前の単行本や晩年の自撰著作集をリプリントする形で、膨大な量に及ぶフケーの作品世界の全貌がようやく明らかになってきた。現在は二期目の劇・叙事詩選集が刊行中である。遺稿から起こした編集校訂によって叙事詩『パルツィファル』が初めて日の目を見た（一九九七年）のは研究史上の事件だった。ただドイツの出版業界の常で、このフケー・プロジェクトはまだ完結に至っていない。また、唯一にして最も充実したフケー伝をまとめたアルノ・シュミットも嘆いているように、第二次世界大戦前まであったと思われる貴重な書簡の多くが戦禍で失われてしまったのは残念な話である。

〈参考文献〉

Günter de Bruyn: Ein märkischer Don Quijote. Nachwort zu „Ritter und Geister.

Romantische Erzählungen“, Berlin（DDR）1980.

Günter de Bruyn: Nachwort zu „Die wunderbaren Begebenheiten des Grafen Alethes von Lindenstein“, Frankfurt am Main 1982.

Friedrich de la Motte Fouqué: Lebensgeschichte des Baron Friedrich de la Motte Fouqué. Aufgezeichnet durch ihn selbst. Halle 1840.

Arno Schmidt: Fouqué und einige seiner Zeitgenossen. Biographischer Versuch.（1958）Die Bargfelder Ausgabe. Zürich 1993.

Gerhard Schulz: Fouqué als Erzähler. Nachwort zu „Romantische Erzählungen“, München 1977.

フケー年譜

一七七七年

二月一二日、フリードリヒ・ハインリヒ・カール・ド・ラ・モットゥ・フケー、ベルリンから西南へ七〇キロほど離れたハーフェル河畔ブランデンブルクで生まれる。名付け親はプロイセン国王フリードリヒ二世（フリードリヒ大王）。フケー家の先祖は、一六八五年ナントの勅令廃止によってノルマンディー地方から亡命したフランスのユグノー貴族の名門。祖父アンリ・オーギュスト・ド・ラ・モットゥ・フケーは、大王の友人であり、プロイセン軍の将軍になった人物。

一七七九年　二歳

マルク地方ポツダム近郊の両親の所領ザクローで幼少期を過ごす。フケー家はプロイセン王家の招待や訪問を受けるほど、宮廷と深いつながりをもち、フケーの遊び相手の一人が皇太子（後のフリードリヒ・ヴィルヘルム三世）だった。

一七八七年　一〇歳

ポツダムへ転居。

一七八八年　一一歳
ベルリンから北西へ六〇キロにあるフェーアベリーン（現在はブランデンブルク州）近郊に新たに得た所領レンツケでの生活始まる。一一月二八日、母マリー・ルイーゼ（旧姓フォン・シュレーゲル）の死。

一七八九年　一二歳
フィヒテに学んだ哲学者で、後に初期ロマン派の機関誌「アテネーウム」の共同執筆者となるアウグスト・ルートヴィヒ・ヒュルゼンを家庭教師に迎え、一八〇九年のヒュルゼンの死まで親交を結ぶ。

一七九四年　一七歳
プロイセン軍のヴァイマル大公胸甲騎兵連隊に入隊し、第一回対仏大同盟のライン遠征に従軍。

一七九五年　一八歳
対仏戦争の従軍からの帰途、北ドイツ、ミンデン（オスナブリュックとハノーファーの中間に位置する小都市）のプロイセン軍務局長の娘で、当時一五歳だったエリーザベト・フォン・ブライテンバオホと知り合う。フケーはほのかな愛情を寄せたようだが、この初恋は実らず、彼女はウンディーネのモデルとして文学史に名を残すことになる。

一七九六年　一九歳
対仏戦争でプロイセンはどっちつかずの様子見の態度をとっていたが、フランス軍がハノーファーの占領を計画しているとの判断から、プロイセン軍はブラウンシュヴァイク公の指揮下に入り、五月、動員令が下る。フケーの部隊はニーダーザクセンの一帯を転々とする。

一七九八年　二一歳
一月二五日、父ハインリヒ・アウグスト・カールの死。九月二〇日、ブュッケブルク（現在はニーダーザクセン州）で、指揮官の娘、一五歳のマリアンネ・フォン・シューベルトと結婚。お互いの未熟さゆえに不幸な結婚に終わる。

一七九九年　二二歳
六月末、レンツケに帰郷。家庭教師ヒュルゼンを通して新しいロマン派の文芸運動に触れ、文学に目覚める。

一八〇二年　二五歳
ヴァイマルを訪れ、ゲーテ、シラー、ヘルダーの知己を得る。ベルリンではA・W・シュレーゲル（兄）と出会う。シュレーゲルから文学全般、翻訳の指導を受ける。文学愛好家で二歳年長の未亡人カロリーネ・フォン・ロホー（旧姓フォン・ブリースト）と知り合い、恋愛関係に。マリアンネと離婚。一一月八日、軍を除隊。一二月、ベルリンから真西へ七〇キロほどのラーテノー（現在はブランデンブルク州）近郊ネンハウゼンにあったフォン・ブリースト家の所領へ移住。ベルリンにも住居をおき、以後多くの時間をベルリンで過ごす。

一八〇三年　二六歳

一月九日、カロリーネとネンハウゼンで再婚。以後フォン・ブリースト家の所領で大家族の一員として過ごす。創作活動に手を染めていた妻カロリーネは美人で、背もフケーより高く、社交好きだったが、後に夫をないがしろにして、自由奔放にふるまったといわれる。夏、新婚旅行で、ドレスデン、ラオホシュテット、ハレへ。ドレスデンで画家のフィリップ・オットー・ルンゲ、作家のルートヴィヒ・ティーク、同い年のハインリヒ・フォン・クライストと知り合う。保養地のラオホシュテットではシラーと会う。九月一三日、娘マリー・ルイーゼ生まれる。名付け親はA・W・シュレーゲル。マリーは未婚のまま一八六四年に死去。フリードリヒ・シュレーゲル（弟）の雑誌「ヨーロッパ」に劇作断片を発表。最初の刊行物。

一八〇四年　二七歳

ネンハウゼンとベルリンの両方で暮らす。以降多くの作家との交流が始まる。ペレグリーンの筆名で、文学の師A・W・シュレーゲル編纂になる『劇作品集』を刊行。

一八〇六年　二九歳

一〇月、イェーナとアウエルシュテットの戦闘でプロイセン軍敗北。ナポレオン軍、ベルリン進駐。年末頃から、哲学者フィヒテとの交流を深める。
一八〇九年　三二歳
セルバンテスの悲劇『ヌマンシア』を翻訳。
一八一〇年　三三歳
ジーグルト伝説に題材をとった劇作『北方の英雄』三部作（大蛇退治のジーグルト／ジーグルトの復讐／アスラウガ）刊行。作曲家ワーグナーの楽劇『ニーベルングの指環』に影響を与えた作品。クライストの「ベルリン夕刊新聞」の編集に協力する（翌年まで）。
一八一一年　三四歳
『死の同盟』出版。自ら編集する雑誌「四季――ロマン派詩文学の季刊誌」春号に小説『水の精（ウンディーネ）』を発表（六月）。
一一月二一日、友人クライストのピストル自殺に衝撃を受ける。
一八一二年　三五歳
雑誌「詩神ミューズたち」の編集（一八一四年まで）。八月から秋にかけ、共通の友人で出版人だったJ・E・ヒッツィヒの仲介で、E・T・A・ホフマンのオペラ『ウンディーネ』のために、改めて台本を書き始める。
第三回十字軍を題材にした三巻本の騎士小説『魔法の指環』刊行。ナポレオン戦争末期に大ヒット作となる。
一八一三年　三六歳
一月、ベルリンでプロイセン国王フリードリヒ三世の末弟と結婚したヘッセン＝ホンブルク公女マリアンネ（当時二八歳）の知己を得る。後年フケーの友人にして重要な後援者となる女性。二月、反ナポレオン同盟軍に加わるため、ネンハウゼンを出発、ブレスラウへ。後に義勇軍猟騎兵部隊の騎士隊長として多くの戦闘（リュッツェン、ドレスデン、ライプツィヒの戦いなど）を経験。ドレスデンではフォン・シュタイン男爵、ヴィルヘルム・フォン・フンボルトと会う。フランス軍を追撃してフランクフルトまで迫るも、健康状態が悪化し、軍医の勧めで休暇をとることに。ヴァイマルではゲーテと再会。一二月一〇日、ネンハウゼンに帰郷。国王よりヨハネ騎士団十字章を授与され、騎兵少佐に昇進して除隊。

一八一四年　三七歳
シャミッソーの『ペーター・シュレミールの不思議な物語（影を失くした男）』の編集に携わる。雑誌「四季」冬号に小説『ジントラムと道づれ』を発表。好評につき『水の精（ウンディーネ）』の第二版を自費出版。

一八一五年　三八歳
夏、娘のマリーとともに北ドイツ（ハンブルク、キール、ブレーメン）への旅。一〇月二二日、ホーエンツォレルン家の百年祭で、王家の開祖タシロ王を題材にしたフケーの劇詩『タシロ』が、E・T・A・ホフマンの作曲で上演される。アイヒェンドルフの長篇小説『予感と現在』に序文を寄せる。評判を呼んだ年鑑「婦人袖珍本（フラウエンタッシェンブーフ）」の編集（一八二一年まで）。

一八一六年　三九歳
季刊雑誌「無聊の慰めのために」を共同編集（一八二一年まで）。八月三日、E・T・A・ホフマン作曲、フケー台本、シンケルが舞台装飾を担当したオペラ『ウンディーネ』がベルリンで初演。

一八一七年　四〇歳
一七世紀のドイツとフランスを舞台にした歴史小説『アレテス・フォン・リンデンシュタイン伯爵の不思議な事件』を刊行。

一八一八年　四一歳
一月、卒中で倒れる。頭痛の後、一時的に意識を失い、記憶障害を起こし、左半身が麻痺。三月、治療を受け、徐々に恢復（かいふく）へ。

一八二二年　四五歳
七月、カールスバートへの湯治旅行の途中立ち寄ったドレスデンで、音楽家カール・マリア・フォン・ヴェーバーの指揮する『魔弾の射手』を台本作家のキントと鑑賞。画家のカスパール・ダーフィット・フリードリヒと交流。ネンハウゼンへの帰途、ハレで従弟の医師カール・フォン・マーダイと再婚していた元妻マリアンネ宅に。この数週間後、マリアンネは、同じくハレに住むウンディーネのモデルと目（もく）されるエリーザベト・フォン・ヴィッツレーベン(旧姓フォン・ブライテンバオホ)と知り合い、マリアンネの仲介でエリーザベトとの文通が始まる。エリーザベトの夫は元プロイセン軍大尉で二一年に没。エリーザベトは未亡人になっていた。

一八二六年　四九歳
エリーザベト、ポツダムで教育を受けていた一人息子を訪問した折に、フケーと再会を果たす。

一八二九年　五二歳
七月一三日、ポツダムの新宮殿で行われたロシアのアレクサンドラ皇女となったフリードリヒ・ヴィルヘルム三世の娘(シャルロッテ)の誕生日の式典に参加。銀製の薔薇飾りの表彰を受ける。

一八三一年　五四歳
七月二一日、妻カロリーネ・ド・ラ・モットゥ・フケーの死(享年五六)。カロリーネの遺言により、フォン・ブリースト家からの相続権はフケーに与えられず、月四〇ターラーの小遣い銭(ゲーテのヴァイマルでの枢密顧問官としての年収が三一〇〇ターラー)と、再婚しないことを条件にネンハウゼンでの居住が認められる。母を失った娘マリーの話相手に、フランス語に堪能なアルベルティーネ・トーデ嬢が現れる。伝記『ヤーコプ・ベーメ』刊行。

一八三三年　五五歳
五月二七日、エリーザベト・フォン・

ヴィッツレーベン、ハレ近郊のグラウハに埋葬される（享年五二）。フケー、その知らせに落胆する。

一八三三年　五六歳

一月、前年からツァイツ近郊のドゥロイシヒに住む財務顧問官ドェーリング家の教育係になっていたアルベルティーネ・トーデと婚約するも、元妻カロリーネの実家であるネンハウゼンのフォン・ブリースト家から出入り禁止を申し渡される。四月二五日、二七歳の（フケーおよび周辺に対しては二三歳と偽っていた）アルベルティーネとベルリンで三度目の結婚。フケーの一族からの出席はなし。ハレへ移住。私講師として文学・歴史講義。

一八三八年　六一歳

一〇月末頃、フランス、メッツ出身の自称「スペイン貴族」の作家シャルル・フルネル（当時二一歳）、フケー家に出入りを始める。夫人のアルベルティーネと親密な交際を続け、フケー家に居候。

一八三九年　六二歳

夏、フルネル、スパイ容疑でプロイセンからの退去を命ぜられるも、フケーが旅券問題の解決のために尽力。一〇月二九日、長男カール・フリードリヒ・ヴィルヘルム生まれる。

一八四〇年　六三歳

『フケー男爵人生録』『ゲーテとひとりの崇拝者』刊行。「ドイツ貴族のための雑誌」の編集を引き継ぐ（一八四三年まで）。

一八四一年　六四歳

四〇年に即位したフリードリヒ・ヴィルヘルム四世の命で、教育活動継続のためベルリンへ転居。年金も増額される。『自撰作品集』全一二巻（著者の最終稿による）が刊行されるも、世間の注目を集めるには至らず。

一八四二年　六五歳

アンデルセン『絵のない絵本』をデンマーク語よりドイツ語に翻訳。

一八四三年

一月二三日、フケー死去（享年六五）。

一月二九日、二男フリードリヒ・ヴィルヘルム・ヴァルデマル生まれる。

訳者あとがき

フケーの『水の精（ウンディーネ）』にはすでに数多くの名訳がある。『水妖記』の表題で知られる岩波文庫の柴田治三郎訳（一九三八年、改訳七八年）は戦前から定評のあるもので、加えて国書刊行会のドイツ・ロマン派全集第五巻『フケー／シャミッソー』（一九八三年）に収められた深見茂訳も比較的新しい訳である。

今回の新訳も先人の業績に負うところが大きいが、これまでの雅文調の格調高い訳とは異なり、語りかけるような平易な原文の趣（おもむき）を、声に出して読める口語の軽やかさに移し変えてみた点で、なんらかの新しさを付け加えることができたのではないかと思う。同じ光文社古典新訳文庫に収められたジャン・ジロドゥの『オンディーヌ』（二木麻里訳、二〇〇八年）はフケーの原作を下敷きにした戯曲であり、水の精との異類婚をめぐる解釈の違いを比較しながら読むのも楽しい。

『水の精（ウンディーネ）』の副題には「ある物語（Eine Erzählung）」というジャンル記述が加えられ

ている。このドイツ語は一般的に「小説」と訳されるが、長さの点で「長篇小説（Roman）」と「短篇小説（Novelle）」の中間くらいの語り物をさす言葉としてフケーは用いているようだ。現実と摩訶不思議な出来事が並行する内容からすれば、ドイツ・ロマン派が好んだ「創作メールヒェン」に近い作品だが、まったくの空想的な語り物としてではなく、フケーは中世の伝説に取材した語り物として、あるいは「解説」で触れたように自らの個人的な体験への思い入れを込めて、「メールヒェン＝お伽噺（ときばなし）」ではなく、「小説」としたのだろう。また「メールヒェン」のジャンルでは一般的にハッピーエンドが約束事になっており、その点でもこれを「メールヒェン」作品とはできなかったと思われる。このたびの訳では、あえて「メールヒェン」風の語り口を前面に出して、「です・ます」調で訳してみた。

ここ最近ドイツ語圏では名作や新作を朗読本（Hörbücher）として、CDやデータファイルで販売し、紙媒体に迫る人気を博している。ドイツ語を母語としない者にとって、この朗読本はありがたい。作品中の会話の呼吸や文章のメリハリなど、字面を追うだけではわかりにくい点が耳で聴くと腑に落ちる。今回の翻訳作業でも、現役女優のエーファ・マッテスが吹き込んだ"Eva Mattes liest Undine von Friedrich de la

Motte Fouqué" (Hörbuch Hamburg, 3CD) を参考にした。

翻訳にあたっては、先訳に加え英訳版も参照した。またドイツ語に関しては同僚諸氏に大いに助けられた。訳の草稿を原文と照らし合わせ、丁寧にチェックしてくれた名前がとてもウンディーネ的な慶應義塾大学の大学院生池中愛海さん、編集作業で貴重なアドヴァイスとともに、遅れがちになる訳者を励ましてくださった笹浪真理子さんには、この場を借りて感謝申し上げたい。若い読者の立場から訳稿に目を通してくれた娘にも感謝したい。

最後になるが、古典新訳文庫の編集長駒井稔さんとの話のなかでいただいたご指摘にも触れておきたい。アメリカ児童文学の名作、オルコットの『若草物語』（一八六八年）は、四人姉妹がもらえないクリスマスのプレゼントを勝手に想像する場面で始まる。絵の好きなエイミーはドイツ製の「ファーバー社の色えんぴつ」だが、本の虫ジョーのお目当てが「『水の精（ウンディーネ）』と『ジントラムと道づれ』」、フケーの二作品なのである。フケーの『水の精（ウンディーネ）』はポーが一八三九年に批評を書いているように、いち早く英訳されている。だが、もう一冊、デューラーの版画「騎士と悪魔と死」に題材をとった『ジントラムと道づれ』も、一八二〇年に初めて英訳されてから、『水の精（ウンディーネ）』

以上に多数の英訳本が出まわった作品なのである。子供の読む本としてはすこし背伸びしすぎかもしれないが、フケーがドイツの女性読者のみならず、遠く南北戦争時代のアメリカの少女たちの心を魅了していたのは興味深い。

二〇一六年四月

識名　章喜

水の精（ウンディーネ）

著者　フケー
訳者　識名（しきな）章喜（あきよし）

2016年7月20日　初版第1刷発行
2024年9月30日　第4刷発行

発行者　三宅貴久
印刷　大日本印刷
製本　大日本印刷

発行所　株式会社光文社
〒112-8011東京都文京区音羽1-16-6
電話　03（5395）8162（編集部）
03（5395）8116（書籍販売部）
03（5395）8125（制作部）
www.kobunsha.com

落丁本・乱丁本は制作部へご連絡くだされば、お取り替えいたします。
ISBN978-4-334-75334-4 Printed in Japan

組版　新藤慶昌堂

いま、息をしている言葉で、もういちど古典を

長い年月をかけて世界中で読み継がれてきたのが古典です。奥の深い味わいある作品ばかりがそろっており、この「古典の森」に分け入ることは人生のもっとも大きな喜びであることに異論のある人はいないはずです。しかしながら、こんなに豊饒で魅力に満ちた古典を、なぜわたしたちはこれほどまで疎んじてきたのでしょうか。

ひとつには古臭い教養主義からの逃走だったのかもしれません。真面目に文学や思想を論じることは、ある種の権威化であるという思いから、その呪縛から逃れるために、教養そのものを否定しすぎてしまったのではないでしょうか。

いま、時代は大きな転換期を迎えています。まれに見るスピードで歴史が動いていくのを多くの人々が実感していると思います。

こんな時わたしたちを支え、導いてくれるものが古典なのです。「いま、息をしている言葉で」——光文社の古典新訳文庫は、さまよえる現代人の心の奥底まで届くような言葉で、古典を現代に蘇らせることを意図して創刊されました。気取らず、自由に、心の赴くままに、気軽に手に取って楽しめる古典作品を、新訳という光のもとに読者に届けていくこと。それがこの文庫の使命だとわたしたちは考えています。

このシリーズについてのご意見、ご感想、ご要望をハガキ、手紙、メール等で翻訳編集部までお寄せください。今後の企画の参考にさせていただきます。
メール　info@kotensinyaku.jp